novum pro

Marie Mihulová und Milan Svoboda

DAS GEHEIMNIS DER GEGENWART
Berührungen von Wissenschaft und Glauben

novum pro

Dieses Buch ist auch als
e-book
erhältlich.

www.novumpro.com

Bibliografische Information
der Deutschen Nationalbibliothek:

Die Deutsche Nationalbibliothek verzeichnet diese Publikation in der Deutschen Nationalbibliografie. Detaillierte bibliografische Daten sind im Internet über http://www.d-nb.de abrufbar.

Alle Rechte der Verbreitung, auch durch Film, Funk und Fernsehen, fotomechanische Wiedergabe, Tonträger, elektronische Datenträger und auszugsweisen Nachdruck, sind vorbehalten.

© 2011 novum publishing gmbh

ISBN 978-3-99003-248-0
Lektorat: Mag. Petra Vock
Skizzen: Marie Mihulová und Milan Svoboda
Übersetzer: J. Cecek

All images of space are credited to NASA and the Space Telescope Science Institute.

Die von den Autoren zur Verfügung gestellten Abbildungen wurden in der bestmöglichen Qualität gedruckt.

Gedruckt in der Europäischen Union auf umweltfreundlichem, chlor- und säurefrei gebleichtem Papier.

www.novumpro.com

AUSTRIA · GERMANY · HUNGARY · SPAIN · SWITZERLAND

Inhalt

An der Schwelle zum neuen Jahrtausend 9

Eine neue Epoche; die moralischen Werte; die Kraft des Gedankens; Mangel an Harmonie; Einfluss der Kirchen; östliche Religionen; die Unnachgiebigkeit der Wissenschaft im 19. Jahrhundert; Perspektivlosigkeit der Wissenschaft; Behinderung neuer Erfindungen; die Geschichte wiederholt sich; die Illusion der Sinne; die Kraft der Suggestion; unsere oberflächliche Betrachtungsweise; das Wunder der Existenz; das Geheimnis unserer Denkweise und unseres Bewusstseins; die innere Welt; der Osten und der Westen; Illusion und Täuschung; Unvollkommenheit der Sinne; Grenzen der Wissenschaft; die elementaren Fragen; Zufall und Unkenntnis; verzerrte Erkenntnisse.

Das Geheimnis der Gegenwart 21

Zeitverlauf (das Vergehen der Zeit); die Zeit aus einem anderen Blickwinkel; die klassische Zeit; Einsteins Revolution; die verzögerte Zeit; Zeitstillstand; Zeitlosigkeit; Materie und Zeit; das Paradoxon der Gleichzeitigkeit; die subjektive Erfahrung; die psychologische Zeit; das Vermächtnis der Alchimie; der Samen der Zeit; Dauer des Augenblickes (wie lang ist die Gegenwart?); das Paradoxon der Gegenwart; zeitlose Existenz; Geist und Zeit; das ewige „ich bin".

Die Illusion von der festen Materie 30

Leben und Materie; wissenschaftliche Manipulationen; die Einsichtstiefe; die Grundelemente; das alltägliche Wunder; feste Materie gibt es nicht; leere Atome; enorme Dichte; Neutronenstern; Gravitationskollaps; schwarzes Loch; geheimnisvolle Quasare; winzige schwarze Löcher; eine seltsame Geschichte; Materie und Energie; $E = mc^2$; Annihilation/Vernichtung der Materie; ein altes Geheimnis; Struktur der Materie; absurde Teilchenwelt; Materie oder Energie?; Reise in das Innere der Materie; Materie und Geschwindigkeit; alles ist anders; noch einmal Illusion und Täuschung.

Das Rätsel des leeren Raumes 42

Der leere Raum; der dreidimensionale Raum; ein- und zweidimensionaler Raum; die vier Dimensionen; ein eindimensionales Wesen; ein zweidimensionales Wesen; „der offene" Raum; mysteriöse Versuche; das Bewusstsein und die Grenzen des Raumes; Wesen aus höheren Dimensionen; der gekrümmte Raum; die zweidimensionale Welt; Materie und Raumkrümmung; hohe Materie-Konzentrationen (hohe Materiedichte); Einbruch in die höhere Dimension; ein Atom des Seins; die große Leere; Paradoxie des Vakuums; virtuelle Teilchen; Antiteilchen; der Inhalt der Null; die altchinesischen Prinzipien; Gleichgewicht der dualen Welt; Aktion und Reaktion; Physik und Ethik.

Kosmische Dimension des Lebens 59

Die Stellung des Menschen; Mikrokosmos und Makrokosmos; die Atomgröße; Galaxien; Grenzen des Universums; unser Sonnensystem; Galaxiengröße; Galaxienhaufen; kosmische Entfernungen; unsere Stellung im Universum; natürliche Ehrfurcht; Einsteins Erkenntnisse; die Struktur des Universums; die Entstehung des Universums; die einheitliche Energie; die Expansion des Alls; das Alter des Universums; Brahmans Atem; die Supervereinigung; die Urkraft; weitere Universen; der Mensch und das Universum; das Wunder des menschlichen Organismus; die innere Intelligenz; unlösbare Aufgaben; Blitzberechnungen; gesteuerte Evolution; Schöpfung und

Evolution: Ursprung der Naturgesetze; Relativität der Sinneswahrnehmungen; Urknall; verbotene Fragen; außerirdisches Leben; intelligente Lebewesen; kosmische Reisen; Intelligenzarten; UFO; kosmische Kommunikation.

Die Grenzen der menschlichen Erkenntnis 94

Physikalische Grenzen; Wahrscheinlichkeitsspiel; die unbestimmte Lage; spukhafte Fernwirkung; die Intelligenz eines Elektrons; Quantentopf; Teilchen und Philosophie; Ende der klassischen Physik; Fluch der Spezialisation; verheimlichte Erkenntnisse; Zukunft der Wissenschaft; Fenster der Erkenntnis; Linse der Vereinheitlichung; Ordnung und chaotische Welt; der Weg des Einzelnen; reines Bewusstsein; Vereinheitlichung der Wissenschaft; Verstandesaktivitäten; Naturgesetze und Intuition; schöpferische (inspirierte) Träume; Atommodell; Grenzen des menschlichen Verstandes; das Gehirn als Wunder; Gehirn versus Computer; ungenutzte Gehirnkapazität; Wunderergebnisse; latente Fähigkeiten; das größte Rätsel; Menschenperspektive

Licht der Zukunft 112

Verantwortung für das Leben; Veränderung des Bewusstseins; Entwicklungsimpulse; Geheimbünde; Geheimwissen; die alten Ägypter; eine tibetische Legende; neuere Nachrichten; der Rosenkreuzerorden; Alchimie; verschlüsselte Informationen; Vergangenheit und Zukunft; Wissen und Erkenntnis; innere Ebenen; Symbole der Wirklichkeit; Möglichkeiten des menschlichen Bewusstseins; die japanische Methode; Einsteins Vorgehensweise; Menschengeist und Symbole; Wende in der wissenschaftlichen Forschung; ein Lebensmodell; die Illusion von unserer Welt; Schule des Lebens; Aufgeschlossenheit der Wissenschaft; widersprüchliche Formulierungen; Entwicklungsbremse; Simplizität; Moral; Wissenschaft und Glaube;

der große Schöpfer; die drei Glaubensstufen; kosmische Religiosität; das Gewissen der Wissenschaft; Einfluss der Kunst; Lichtimpulse; Dimensionen des Geistes; Glaubensvereinigung; äußere Einflüsse; die innere Welt; eine bessere Welt; Harmoniebedürfnis; Suche nach dem Sinn des Lebens; Perspektiven des menschlichen Geistes.

Literatur 136

An der Schwelle zum neuen Jahrtausend

Seit dem magischen Datum 2000 sind erst wenige Jahre vergangen. Dieses Datum wurde in vielen Prophezeiungen als wichtiger Moment in der menschlichen Entwicklung bezeichnet. Astrologen halten es für sehr bedeutsam, weil sich die Sonne nach circa 2000 Jahren aus dem Sternzeichen der Fische in das Zeichen des Wassermanns bewegt. Der Wassermann symbolisiert das Ausgießen des Wassers des Geistes auf den Planeten Erde. Auch wenn wir keine Wahrsager oder Astrologen sind, können wir doch aus dem Blickwinkel eines Erdenbewohners feststellen, dass dieser Jahrtausendbeginn tatsächlich eine Zeitenwende darstellt, in der eine bestimmte Epoche der menschlichen Evolution kulminiert. Das 20. Jahrhundert stand für einen sich immer mehr beschleunigenden Lebensrhythmus, für eine wachsende Anzahl von Entdeckungen und Erfindungen, aber auch für gewaltige und weit reichende Probleme und tragische Ereignisse. Dieses Jahrhundert brachte radikale Veränderungen in vielen Bereichen unseres Lebens, aber vor allem in den letzten Jahrzehnten leider auch viele mehr oder weniger ernste Krisen, die alle Gebiete der menschlichen Existenz berührten. Wenn wir die Gründe dafür suchen, können wir eine maßgebliche Ursache darin sehen, dass es nicht zu dem versprochenen wissenschaftlich-technischen Paradies gekommen ist, sondern stattdessen Unsicherheit über unsere Zukunft herrscht. Diese Unsicherheit resultiert aus der möglichen Vernichtung des Lebens auf unserem Planeten durch unüberlegtes oder unverantwortliches Nutzen unserer modernsten Technologien oder noch schlimmer durch deren Missbrauch. In den vergangenen Jahrzehnten brachte der immer raschere Lauf der Geschichte den Untergang des Reiches des sogenannten wissenschaftlichen Materialismus, der das Denken von vielen Millionen Menschen durch seine stupide Ideologie mit großer Vehemenz manipulierte. Dieses Zeitalter ist auch durch eine alarmierende Niveauabnahme im Bereich der moralisch-ethischen Werte gekennzeichnet, die einerseits auf Übersättigung durch grenzenlosen Konsum und andererseits auf die ungehemmte Sucht zurückzuführen ist, diesen Lebensstil auf möglichst hohem Niveau beizubehalten. Natürlich gibt es für die gegenwärtige, in mehrfacher Hinsicht kritische Situation viele Ursachen, aber bereits die oben genannten deuten auf eine Krise hin, die im Grunde genommen ihren Ursprung in unserer Denkweise hat.

Unsichtbare und immaterielle Gedanken stellen in der menschlichen Evolution die größte zum Wohle oder in die Verdammnis führende Kraft dar. Für die vergangenen Jahrhunderte war, vor allem in den sogenannten zivilisierten Ländern, eine enorme Entwicklung der rationalen und wissenschaftlichen Betrachtung unserer Welt kennzeichnend, die zum Teil eine bemerkenswerte und hochwertige intellektuelle Leistung darstellt. Dieser Entwicklung gelang es aber leider nicht, der Menschheit zu mehr Ruhe, Harmonie und Glück zu verhelfen. Von so einer einseitigen und überwiegend intellektuellen Entwicklung ohne Ausgewogenheit im emotionalen und moralischen Bereich kann man eigentlich auch nichts anderes erwarten. Ein hoch entwickelter Intellekt sollte aber der Introspektion durchaus fähig sein, um seine eigene Bedeutung, aber auch seine eigenen Grenzen zu erkennen. Die Schuld der Wissenschaft an der momentanen Menschheitslage besteht darin, dass sie nicht imstande war, das von ihr immer wieder proklamierte Streben nach Rationalität auf die Einschätzung der eigenen Möglichkeiten anzuwenden. Oft war sie mit aller Kraft bestrebt, ihre dominante Stellung zu halten, ja bisweilen sich selbst sogar zu Gott aufzuschwingen.

Als ein gewisses Gegengewicht zu wissenschaftlichen Institutionen üben auch verschiedene Kirchen Einfluss auf das Denken von Millionen Menschen aus. Man kann konstatieren, dass es den Kirchen auch in den Ländern, in denen ihr Einfluss nicht staatlich eingeengt und beschränkt wurde (wie z. B. im ehemaligen Ostblock), nicht gelang, diese krisenhafte Entwicklung zu stoppen. Ganz allgemein kann man sagen, dass zum Beispiel die christlichen Kirchen es versäumten, auf diese dynamische Entwicklung unseres Intellekts flexibel zu reagieren. Ihr dogmatisches Festhalten an den veralteten Formen der Kirchenlehre, die für die Menschen vor zweitausend Jahren bestimmt war, machte es ihnen unmöglich, die Aufmerksamkeit der heute lebenden Menschen zu wecken oder sie gar irgendwie positiv zu beeinflussen. Die Kirchen schafften es nicht, dem Menschen einen Freiraum zu eröffnen, in dem er einerseits seine intellektuellen Bedürfnisse entfalten und auf der anderen Seite sich der Möglichkeiten und Grenzen seines Intellekts bewusst werden könnte. Sowohl die Wissenschaft als auch die Kirchen trugen, jede auf ihre Weise, zu diesem Phänomen im Bereich des menschlichen Denkens bei. Sie wurden dadurch mitschuldig an der Unfähigkeit des heutigen Menschen, seine intellektuellen Fähigkeiten richtig in die Hierarchie seiner Lebenswerte einzuordnen.

In diesem Zusammenhang ist erwähnenswert, dass einige östliche, ursprünglich aus Indien, China oder Japan stammende Religionslehren sich von unseren westlichen wesentlich unterscheiden und durch ihre philosophischere Auffassung einem intellektuell geprägten Menschen viel mehr Freiraum für seine Selbstverwirklichung bieten.

Wenn wir zur Problematik der rationalistischen Betrachtungsweise unserer Welt zurückkommen, schadet es sicher nicht, uns an ein Erbe zu erinnern, das auch noch heute gelegentlich unheilbringende Früchte trägt. Es handelt sich um wissenschaftliche Meinungen und Einstellungen, die im 19. Jahrhundert die Form einer mechanistischen Weltsicht annahmen und schließlich zu der Überzeugung führten, dass man eigentlich nichts Wesentliches mehr entdecken könne. Die Wissenschaft glaubte damals auf dem Gipfel der menschlichen Erkenntnis zu stehen und war bemüht, mit aller Kraft alles zu eliminieren, was nicht zu dem von ihr ausgeklügelten Weltbild passte. Manche Geschichten und Vorfälle aus dieser Zeit wirken fast grotesk. Nichtsdestotrotz scheinen einige heutige Wissenschaftler daraus kaum Lehren zu ziehen, wie ähnliche Fehler zu vermeiden seien. Einen der größten Schwachpunkte der Wissenschaft sieht Albert Einstein in ihrer Verschlossenheit neuen

Erkenntnissen gegenüber, vor allem in der Tendenz, diese neuen Entdeckungen mithilfe vorhandener und anerkannter Prinzipien zu erklären. Es gibt eine ganze Reihe solcher Beispiele und es schadet sicher nicht, einige hier aufzuführen. Am Ende des 19. Jahrhunderts erklärte zum Beispiel der bekannte und geschätzte Wissenschaftler M. Berthelot: „Das Universum birgt keine Geheimnisse mehr." Ein namhafter Physiker des 20. Jahrhunderts wurde bei der Aufnahmeprüfung an der Universität gefragt, warum er ausgerechnet die Fachrichtung Physik wähle, ein Gebiet, auf dem es so gut wie nichts mehr zu erforschen gebe. Man erzählt, dass der Direktor eines Patentamtes in den Vereinigten Staaten im Jahre 1875 von seinem Posten zurücktrat mit der Begründung, alles sei bereits entdeckt worden. Viele Wissenschaftler mussten lebenslang gegen Unverständnis und Ablehnung ihrer neuen Gedanken kämpfen. Eine Reihe heute als selbstverständlich angesehener Gebrauchsgegenstände aus dem Bereich der Wissenschaft und Technik konnte sich nur mit großer Mühe durchsetzen. Erfinder von fliegenden Kisten wurden manchmal sogar physisch liquidiert. Es wurden wissenschaftliche Beweise vorgelegt, dass es absolut unmöglich sei, Gegenstände schwerer als Luft fliegen zu lassen. Der Erfinder von synthetischen Diamanten wurde gezwungen, seine erfolgreichen Experimente auf diesem Gebiet öffentlich als Irrtum zu bezeichnen.

Es wurden vom Anfang des 19. Jahrhunderts stammende wissenschaftliche Abhandlungen gefunden, die beweisen wollten, dass der Mensch keine höhere Geschwindigkeit als 24 km/h überleben könne. Mit dem gleichen wissenschaftlichen Eifer wurde bis zum Ende des 18. Jahrhunderts immer wieder versucht, zu beweisen, dass es keine andere Energiequelle als das Feuer gäbe. Die ersten Versuche mit der Elektrizität wurden belächelt und verspottet genauso wie in der Mitte des 19. Jahrhunderts die ersten Formulierungen des Energieerhaltungssatzes. Massive Kränkung und beißenden Spott seiner Kollegen erfuhr in den Jahren 1846–1849 Dr. Ignatz Semmelweis, der als Asistenzarzt in Wien als Erster auf den Zusammenhang zwischen mangelnder Hygiene und Infektionskrankheiten aufmerksam machte und aus diesem Grunde die Einführung hygienischer Mindeststandards forderte. Nicht einmal eine Reihe von Todesfällen junger Frauen in dieser Frauenklinik konnte seine Argumentation stützen. Bis zum Jahre 1882 bemühten sich die damaligen Ärzte unter anderem „auf wissenschaftlicher Grundlage", zu beweisen, dass es keinen Hypnoseschlaf gäbe. Ihnen zufolge handelt es sich um reine Betrügereien und die Bereitschaft der Patienten, dem Experimentator einen Gefallen zu tun. Die Französische Akademie der Wissenschaften, seinerzeit die bedeutendste und bekannteste wissenschaftliche Institution, brachte es „streng" wissenschaftlich fertig, die Existenz der Meteoriten mit folgenden Worten zu leugnen: „Vom Himmel können keine Steine herunterfallen, da es im Himmel keine gibt." Diese Behauptung reichte, dass selbst Augenzeugen solcher Ereignisse, ja sogar die Finder dieser Himmelssteine nicht ernst genommen wurden.

Man könnte die Aufzählung solch paradoxer Beispiele noch beliebig fortsetzen. Aus heutiger Sicht lassen sich alle eindeutig und klar einordnen. Andererseits wäre folgende Frage sicher nicht verfehlt: Verhält sich die heutige Wissenschaft aufgrund derzeit geltender Erkenntnisse nicht eigentlich genauso? Beenden wir die Auflistung dieser interessanten Paradoxe mit einer Äußerung des berühmten Poincaré: „Schon der schlichte Verstand kann uns darüber aufklären, dass es offensichtlich unmöglich ist, durch den Zerfall eines halben Kilogramms Metall eine ganze Stadt zu vernichten."

Eine nur allzu eindeutige Antwort auf diese Schlussfolgerung des gesunden Menschenverstandes brachte im Jahre 1945 die Tragödie von Hiroshima. Daraus ist zu schließen, dass es sich unter Umständen als sehr problematisch erweisen kann, sich auf die Schlussfolgerungen des gesunden Verstandes/„common sense" zu verlassen. Auf der anderen Seite bedeutet das natürlich nicht, dass wir unseren Verstand nicht schätzen sollten. Vielmehr sollten wir seine Funktion und vor allem seine Möglichkeiten berücksichtigen. Albert Einstein macht uns darauf aufmerksam, dass allein die Tatsache, dass wir gewohnt sind zu sagen, der Schnee sei kalt oder das Gras grün, durchaus nicht bedeutet, dass wir über die Substanz dieser Erscheinungen etwas wüssten. Mit diesen Aussagen bezeichnen wir lediglich die sinnlichen Eindrücke, die bei der Berührung mit der Materie aus unserer Umgebung entstehen. Die moderne Physik befreit uns von der Illusion, unsere Sinneswahrnehmungen wären objektiv. Sie stellt im Gegenteil fest, dass hinter dieser sichtbaren Kulisse eine Welt der unsichtbaren Kräfte und Energien existiert, die in Wirklichkeit für das, was unsere Sinne registrieren und der Verstand dann beschreibt, verantwortlich sind. Es ist absolut klar, dass in dieser Hinsicht Argumentationen wie „Was ich nicht sehe oder was ich nicht berühren kann, das glaube ich nicht" keine Gültigkeit haben können.

Weniger sind wir uns aber der Bedeutung der hundertmal wiederholten Behauptungen und Suggestionen bewusst, die wir nach gewisser Zeit als unbestreitbare Fakten hinnehmen. In dieser Hinsicht spielt die Schule eine große Rolle. Hier werden jungen Menschen immer wieder bestimmte Informationen präsentiert, die im Laufe der Zeit eben als unanfechtbare Tatsachen übernommen werden und wie Scheuklappen nach und nach immer mehr die Richtung unseres Denkens und unserer Weltsicht überhaupt bestimmen.

Die meisten gebildeten Menschen dürften kaum bezweifeln, dass zwei Wasserstoffatome mit einem Sauerstoffatom ein Wassermolekül bilden – H_2O. Falls jemand versuchen sollte, das zu widerlegen, würden sie ihn höchstwahrscheinlich für einen, gelinde gesagt, unvernünftigen Menschen halten. Im Grunde genommen haben aber die meisten dieser Leute nie in ihrem Leben eine praktische Möglichkeit gehabt, die behauptete Zusammensetzung eines Wassermoleküls aufgrund eigener Erfahrung zu überprüfen. In ihr Bewusstsein haben sie lediglich eine, wenn auch oft wiederholte Suggestion übernommen. Das Ergebnis ist zwar dann eindeutig – H_2O, versperrt ihnen aber gleichzeitig meist den Zugang zu eingehenderer Kenntnis dieser Flüssigkeit mit ihren wirklich wunderbaren Eigenschaften.

Das angeführte Beispiel sollte uns keineswegs anregen, nun sofort chemisch-physikalische Experimente durchzuführen, um alle hypothetischen Behauptungen zu erhärten. Es sollte uns vielmehr zum Nachdenken über die Art und Qualität der unsere Weltsicht bildenden Information verhelfen. Gleichzeitig sollten wir uns auch über eine gewisse Oberflächlichkeit Gedanken machen, die wir uns oft auf vielen Gebieten unseres Lebens leisten. Viele Dinge und Phänomene um uns herum sehen wir als gewöhnlich und normal an, nur weil wir uns mit einer oberflächlichen Einordnung begnügen, ohne gründlicher über ihre Beschaffenheit oder Bedeutung nachzudenken. Jeden Tag können wir über einen „gewöhnlichen Rasen" laufen oder ihn mähen, ohne über die unermessliche Weisheit der Natur nachzudenken, die imstande ist, aus einem winzigen Samen ein hochkomplexes Pflanzensystem zu schaffen, das dann auch durchaus fähig ist, allen möglichen Belastungen zu trotzen. Wenn wir in unseren Überlegungen nicht bei der oberflächlichen Feststellung – gewöhnlicher Rasen – stehen bleiben, sondern tiefer schürfen, stellen wir fest, dass wir ein kleines Wunder vor uns haben, das auch unsere hoch entwickelte Wissenschaft nicht hundertprozentig erklären und, trotz all ihrer Errungenschaften, noch viel weniger nachahmen kann. Würden wir obige Betrachtungsweise öfter anwenden, wären wir wahrscheinlich weniger stolz, eingebildet und engstirnig. Wir würden uns vielmehr der wörtlichen Bedeutung des Begriffes vom Geschenk einer wunderbaren Existenz bewusst, denn im Vergleich zu der sich in einer kleinen Pflanze manifestierenden Weisheit spiegeln sich in einem Menschen Fähigkeiten einer viel höheren Ordnung wider. Wenn wir nur über den Aufbau unseres physischen Körpers nachforschen, erfahren wir, dass ihn Billionen von Zellen bilden. Selbst wenn wir dabei nicht berücksichtigen, dass jede einzelne Zelle eigentlich eine komplizierte, mit einer eigenen Intelligenz ausgestattete Einheit darstellt, ergibt sich eine interessante Feststellung. Ein Mathematiker hat sich nämlich die Mühe gemacht auszurechnen, wie hoch nach der Wahrscheinlichkeitsrechnung die Chance ist, dass ein aus 10 000 000 000 000 Zellen bestehender Organismus überhaupt nur zusammenhält. Den Hauptgewinn im Lotto zu ergattern scheint dagegen fast ein Kinderspiel. Mit anderen Worten: Auf dieser Welt laufen Milliarden von unwahrscheinlichen Wesen herum, die sich keine Gedanken über das wundersame Paradoxon der eigenen Existenz machen.

In diesem Beispiel wird aber nur ein Aspekt der physischen Existenz eines Menschen berührt, der weder die ganze Komplexität des menschlichen Organismus noch seine bewundernswerten Fähigkeiten im mentalen Bereich berücksichtigt. Sobald wir über unsere Denk- und Lernfähigkeiten nachdenken, taucht bereits das nächste Paradoxon auf. Wir gehen davon aus, dass wir nach objektiven Erkenntnissen über unsere Welt streben. Die ganze heutige Wissenschaft beruht auf diesem elementaren Prinzip. Einen Anspruch auf möglichst hohe Objektivität erheben wir natürlich auch. Auf der anderen Seite sollten wir uns auch mit der Frage beschäftigen, was wir über uns selbst eigentlich wissen. Was wissen wir über die erstaunlichen Gesetze der Gedankenwelt, wie entstehen sie, was ist die Grundlage unserer Emotionen, wohin entschwindet unser Bewusstsein im Schlaf oder woher kommen die Geistesblitze unserer Intuition? Niemand bezweifelt, dass die Prozesse in unserer Welt verschiedenen Naturgesetzen unterliegen, und wir bemühen uns, sie zu durchschauen. Wie viele Gesetze kennen wir aber aus dem Bereich der eigenen subtilen mentalen Energie und wie können wir sie im praktischen Leben umsetzen? Wo befindet sich im Strudel unserer Gedanken, unserer Wünsche, unserer Sehnsüchte und Ängste der objektive Beobachter und unbefangene Richter, der fähig ist unter diesen Umständen die richtigen Schlüsse zu ziehen? Wir haben keine vollständigen und befriedigenden Antworten auf diese Fragen und unterliegen daher zwangsläufig einer primären Verzerrung, die unsere Erkenntnisse über die Welt um uns herum belastet. Wenn der Mensch zu wenig über sein Inneres weiß, wenn er so gut wie keine Ahnung von der Beschaffenheit seines eigenen Bewusstseins hat, darf oder sollte er nicht von absolut objektiven Erkenntnissen in der Außenwelt reden. Das bedeutet sicher nicht, dass er aufhören sollte, sich für die Außenwelt zu interessieren, und dass er sich ab sofort ausschließlich und mit aller Kraft den Geheimnissen des eigenen Inneren widmen sollte. Er sollte aber sein Interesse nicht nur nach außen richten und dabei seine innere Welt praktisch ignorieren, was gerade in unserer Zeit sehr aktuell ist. Einen bestimmten Teil unserer Zeit und Energie sollten wir für das Kennenlernen der Mechanismen und Funktionen unseres Bewusstseins reservieren, um ein besseres Gegengewicht zu der heutzutage üblichen extrovertierten Denkweise zu schaffen.

Diese Art Fragen führen einen tiefer denkenden Menschen oft zu Gedanken und zur Weisheit der sogenannten östlichen Religionen und Philosophien. Über unsere heutige Zeit können wir übrigens mit gutem Gewissen sagen, dass sie durch eine Annäherung der westlichen rationalen Denkweise an die für die östlichen Religionen so typische, überwiegend intuitive Akzeptanz der Tatsachen gekennzeichnet ist. Dieser Kontakt kann bei der weiteren menschlichen Evolution eine wichtige Rolle spielen. Der Westen ist gewissermaßen durch einseitige Betonung des Intellekts in eine Sackgasse geraten. Für viele östliche Regionen, in deren Kulturerbe sich ein reiches geistiges Vermächtnis findet, sind dagegen Armut und große Probleme auf dem Gebiet der Lebensbewältigung und der Organisation der Gesellschaftsstrukturen typisch. Falls der Westen bereit wäre, vom Osten einige zu stärkerer eigener Geistigkeit führende Impulse zu übernehmen, um sie auf dem inzwischen im Westen herrschenden intellektuellen Niveau zu realisieren, und gleichzeitig dem Osten seine Erfahrungen bei der Verarbeitung und dem richtigen Umgang mit der Materie weiterzugeben, könnte das zu einer für beide Seiten sehr nützlichen Symbiose führen. Diese Symbiose würde dann die Entfaltung der geistigen Fähigkeiten auf der Basis des in der materiellen Welt tätigen Intellekts darstellen.

Wenn wir von östlicher Weisheit sprechen, können wir einen sehr interessanten, in der indischen Philosophie oft benutzten Begriff heranziehen. Es handelt sich um ein poetisch klingendes Wort – Maya. Mit dieser Bezeichnung drückten die alten Inder ihr Verständnis der sichtbaren Welt aus – Maya = eine Täuschung, eine Illusion. Anders gesagt nahmen sie die Realität der Außenwelt nicht allzu ernst. Sie konzentrierten sich vielmehr auf die inneren, geistigen Werte. Für diese Ansicht war ihre Überzeugung verantwortlich, dass unsere Sinne nicht imstande sind, Ursprung und Wesen der Erscheinungen zu erfassen, und dass sie nur an der Oberfläche des Sichtbaren verbleiben. Sie sind dann ein leichtes Opfer verschiedener Täuschungen und Illusionen. Eine solche Betrachtungsweise bildet in der Menschheitsgeschichte keine Ausnahme. In ihrer letzten Konsequenz könnte sie zu einem Verzicht auf alle äußeren Aspekte des Lebens zugunsten einer ausschließlich inneren Entwicklung führen, was bereits auch oft geschah. In unserer heutigen zivilisierten Welt sehen wir das andere Extrem. Äußere Lebensaspekte und Angelegenheiten überschatten fast völlig unsere innere geistige Welt. Um ein harmonisches Leben zu führen, ist es absolut unerlässlich, ein Gleichgewicht zwischen den beiden Aspekten unseres Lebens herzustellen. Das heißt, man muss Ruhe, Weisheit und schöpferische Energie in den Tiefen des eigenen Inneren finden und sie dann, durch moralisch-ethische Prinzipien korrigiert, im täglichen Leben anwenden.

Kommen wir aber auf den oben erwähnten Begriff „Maya" zurück! Die indische Auffassung dieses Wortes mag für viele Menschen widersprüchlich klingen. Sie sehen nämlich keinen Grund, warum die von unseren Sinnen vermittelten und von unserem Verstand verarbeiteten Informationen aus der Außenwelt nicht glaubwürdig sein sollten. Auf der anderen Seite gibt es nicht wenige Menschen, die quer durch alle Epochen auf die eine oder andere Weise den Gedanken ausgesprochen haben, dass die von uns wahrgenommenen Dinge nicht das sind, was sie zu sein scheinen. Obwohl diese Problematik der breiteren Öffentlichkeit noch unbekannt ist, dürfte sie gerade in unserer Zeit sehr aktuell sein. Man kann sagen, dass die rationale Betrachtungsweise bei der Geburt der modernen Wissenschaft Pate stand. Damit schließt sich gewissermaßen der Kreis und wir stehen vor der Notwendigkeit, auf der Entwicklungsspirale eine weitere Stufe zu erklimmen. Ohne Übertreibung kann man sagen, dass auch die heutige Hightech-Physik bei der Erforschung der Beschaffenheit der Materie oder der Struktur und des Aufbaus des Universums an die Grenzen und Möglichkeiten der Wissenschaft stößt, und es zeigt sich gleichzeitig, dass mit traditionellen wissenschaftlichen Mitteln der Weg höchstwahrscheinlich nicht mehr zu beschreiben sein wird. Nach vielen Jahrhunderten, vielleicht sogar Jahrtausenden bestätigt die heutige Physik die Berechtigung dieses Terminus – Maya, da auch sie beweist, dass die Welt um uns herum nicht das ist, wofür wir sie halten.

Von Geburt an sieht sich der Mensch in dieser Welt gezwungen, mit seiner Umgebung zu kommunizieren. Er wird ununterbrochen von den drei elementaren Aspekten dieser Welt beeinflusst. Es handelt sich um die Materie, die Zeit und den Raum. Diese drei Aspekte bilden den Rahmen, in dem sich das menschliche Bewusstsein entwickelt, der es aber auch einschränkt. Die heutige Wissenschaft hat eine Unmenge an Informationen über unsere Umwelt zusammengetragen. Wenn wir aber Fragen nach der Beschaffenheit der Zeit, des Raumes oder der Materie stellen, bekommen wir keine zufriedenstellenden Antworten. In gewissem Sinne könnte man sagen, dass das grandiose Gebäude der Wissenschaft auf Sand gebaut ist. Die Wissenschaft beschreibt Eigenschaften von verschiedenen Gegenständen und allen möglichen Erscheinungen. Probleme entstehen aber, sobald wir nach der Substanz und der letzten Ursache der beschriebenen Prozesse fragen. Ähnlich ist es auch, wenn wir die altbekannte kindliche Frage „Warum?" wiederholt und hartnäckig stellen. Auf die Frage nach dem letzten „Warum?" bekommen wir meist keine befriedigende Antwort mehr. Über unsere Erde können wir zum Beispiel erfahren, dass sie in einer bestimmten Entfernung die Sonne umkreist, wie groß ihre Masse ist, und noch eine ganze Reihe weiterer Informationen. Warum aber ihre Masse 6 Quadrillionen Kilogramm beträgt, sie sich in einem Abstand von 150 Millionen Kilometer von der Sonne befindet oder warum eine Umdrehung um die eigene Achse gerade 24 Stunden dauert, das erfahren wir nicht. Man hält uns im Gegenteil aufgrund solcher Fragestellungen oft für, sagen wir, naiv. Einerseits dürfen wir von der heutigen Wissenschaft komplette und erschöpfende Antworten kaum erwarten, andererseits sollten wir nicht dem herrschenden Irrtum verfallen, dass es im Bereich der grundsätzlichen und elementaren Fragen nichts mehr zu entdecken gäbe oder gar alles klar wäre. Auf unsere allzu neugierigen und unbequemen Fragen lautet oft die einfache Antwort – es sei ein Zufall, es gebe in dieser Hinsicht nichts mehr zum Nachdenken. Albert Einstein erinnert in diesem Zusammenhang daran, dass wir uns angewöhnt haben, das Wort Zufall zum Kaschieren unserer eigenen Unwissenheit zu benutzen, uns zu verstecken. Wenn uns die Ursachen für das beobachtete Phänomen unbekannt sind, halten wir sie einfach für zufällig. Um sich inmitten dieser Welt seiner eigenen Stellung besser bewusst zu werden, muss der Mensch immer tiefer in die Substanz und das Wesen aller ihn umgebenden Phänomene eintauchen und nicht durch oberflächliche Kenntnisse beschwichtigt in einem Zustand glückseliger Unkenntnis verharren.

In diesem Sinne können wir für die bedeutendsten Meilensteine der Wissenschaftsentwicklung des 20. Jahrhunderts jene Entdeckungen halten, die den Horizont der menschlichen Erkenntnis bei der Erforschung der elementaren Attribute dieser Welt – also der Zeit, des Raumes und der Materie – erweitert haben. Alle materiellen Gegenstände, alle beobachteten Phänomene beruhen auf diesen drei Basiselementen, von deren Substanz wir eigentlich so gut wie nichts wissen. Dazu kommt noch der Umstand, dass auch die Fakten, die wir zu wissen glauben, oft sehr verzerrt sind. In dieser Hinsicht werden wir von der Wissenschaft mit der unangenehmen Tatsache konfrontiert, dass sich die von unserem sogenannten gesunden Menschenverstand aufgrund der Sinneswahrnehmungen erzeugten Imaginationen in mancherlei Hinsicht als höchst ungenügend erweisen. Die oben genannten Erkenntnisse, die für die Geschichte der Wissenschaft des 20. Jahrhunderts so charakteristisch sind, haben leider keinen Eingang in das Bewusstsein breiterer Bevölkerungsschichten gefunden. Aus diesem Grund werden wir uns auf den folgenden Seiten dieses Buches einigen wegen ihrer philosophischen Bedeutung für das Leben jedes Menschen relevanten Aspekten der wissenschaftlichen Entdeckungen widmen.

Das Geheimnis der Gegenwart

Das Wort „Zeit" gehört zu den gebräuchlichsten in unserem Wortschatz. Meistens drücken wir mit seiner Hilfe ein bestimmtes Planen oder Einschränkungen in unserem Leben aus. Die meisten Menschen sind sich unserer unmittelbaren Abhängigkeit von der Zeit bewusst, aber nur wenige denken gründlicher über sie nach. Üblicherweise geben wir uns mit der allgemein akzeptierten Vorstellung zufrieden, dass die Zeit eine unveränderbare und gleichmäßig verlaufende Größe darstellt, die überall und für jeden gleich sei. Wenn wir die Zeit näher definieren wollten, würden wir bald feststellen, dass das gar nicht so einfach ist. Gewöhnlich sprechen wir über die Zeit im Zusammenhang mit bestimmten Ereignissen, und so messen wir die Zeit auch. Wir wissen zum Beispiel, dass das Pendel genau eine Sekunde braucht, um von einer Randlage in die andere zu kommen. Der große Uhrzeiger braucht genau eine Stunde, um wieder in seine Ausgangsposition auf dem Zifferblatt zurückzukehren. Die Zeit von einem Sonnenaufgang zum nächsten nennen wir einen Tag. Meistens haben wir also zwei Ereignisse, die einen bestimmten Zeitabschnitt eingrenzen. Was aber die Zeit an sich bedeutet, ohne Zuhilfenahme dieser zwei Ereignisse, das ist gar nicht so einfach zu beschreiben.

Albert Einstein war als Kind in seiner mentalen Entwicklung ein bisschen zurückgeblieben. Noch auf dem Gymnasium gab es angeblich Professoren, die auf dieses Handicap hinwiesen. Er selbst misst dieser Tatsache aber eine große Bedeutung bei. Er sagt, dass die meisten Menschen sich mit der Zeitproblematik eigentlich sehr früh beschäftigen. Innerhalb nur weniger Jahre macht das Kind die Bekanntschaft mit dieser Problematik und übernimmt mehr oder weniger alle zeitlichen und räumlichen Einschränkungen als einen selbstverständlichen Teil seines Lebens. Auch im späteren Verlauf ihres Lebens verspüren nur wenige das Bedürfnis, über diese elementaren Phänomene tiefer nachzudenken. Man hält sie für selbstverständlich, ganz normal oder sogar für banal. Dank seinem Handicap begann sich Einstein mit der Zeit- und Raumproblematik erst viel später als seine Altersgenossen zu beschäftigen. Diese Tatsache brachte ihm aber gleichzeitig einen großen Vorteil. Zu diesem Zeitpunkt verfügte er bereits über einen viel mehr entfalteten Verstand, als es bei Kleinkindern der Fall ist. Das war auch der Grund dafür, dass ihm bestimmte Widersprüche in unserem Bild von der Zeit auffielen, die Erwachsene gewöhnlich ignorieren. Diese Überlegungen über die Zeit- und Raumproblematik führten schließlich zu einer noch gründlicheren Analyse in diese Richtung und nach und nach nahmen sie eine Form an, die eine Revolution in der wissenschaftlichen Betrachtung unserer Welt bedeutete. Die klassische Physik der damaligen Zeit ging schweigend von einer konstanten, absoluten und überall mit der gleichen Geschwindigkeit verlaufenden Zeit aus. Diese Annahme wurde für etwas so Selbstverständliches gehalten, dass sie, ohne irgendwie nachgeprüft zu werden, ein Grundaxiom der damaligen Physik bildete. Erst Einsteins Gedankenexperimente und seine Relativitätstheorie zeigten die Unbegründbarkeit solcher Annahme. Die aus Einsteins Arbeit resultierenden Schlussfolgerungen waren nicht nur für die damaligen Menschen schockierend, sondern sind auch noch heute nur schwer begreifbar für alle, die sich nicht direkt mit physikalischen Problemen beschäftigen. Eine der größten Paradoxien für unseren sogenannten gesunden Menschenverstand ist die Abhängigkeit des Zeitverlaufs von der Geschwindigkeit der bewegten Masse. Mit anderen Worten: Mit zunehmender Geschwindigkeit eines Körpers verlangsamt sich der Zeitablauf. Wenn wir uns also in einem fahrenden Verkehrsmittel befinden, vergeht die Zeit langsamer, als wenn wir an einer Haltestelle warten. Jede Bewegung verlängert also unser Leben. Bei geringer Geschwindigkeit fällt diese Verlängerung jedoch so gering aus, dass es praktisch keinen Sinn hat, darüber zu sprechen. Es hilft uns auch nicht, wenn wir mit einem Flugzeug oder einer Rakete reisen. Die Zeitveränderung ist so gering, dass sie absolut vernachlässigbar bleibt. Anders wäre die Situation dagegen, wenn wir eine Vorrichtung hätten, die sich mit hoher

Geschwindigkeit fortbewegen könnte, wie zum Beispiel das Licht, also um die 300 000 Kilometer pro Sekunde. In diesem Falle würde die Zeitverlangsamung eine erhebliche Rolle spielen. Als anschauliches Beispiel stellen wir uns eine Rakete mit diesen Eigenschaften vor. Sie hat eine genaue Uhr an Bord und eine gleiche Uhr bleibt am Boden. Für unser Beispiel nehmen wir an, dass wir natürlich die Möglichkeit haben, beide Uhren ständig zu vergleichen. In der ersten Flugphase nach dem Start würden wir praktisch keine Unterschiede feststellen. Bei zunehmender Geschwindigkeit würde aus der Sicht eines Beobachters auf der Erde die Uhr an Bord der Rakete nachgehen. Anfangs geringfügig, nur Prozentbruchteile betragend, würde sich die Differenz vergrößern und bei Annäherung an die Lichtgeschwindigkeit würde sie immer größer. Eine an Bord der Rakete zuerst 61 Sekunden dauernde Minute würde dann 62 und im weiteren Verlauf 65, 70, 100 Sekunden dauern. Noch später würde die Differenz zwei, drei, fünf, zehn und mehr Erdenminuten betragen. Ein in der Rakete sitzender Beobachter könnte jedoch keine Unterschiede feststellen. Gleichzeitig mit der Uhr würden sich auch seine Lebensprozesse verlangsamen, da es zu einer Verlangsamung des Zeitablaufs kam. Aus seiner Sicht würde eine Minute immer eine Minute bleiben und das gilt auch bei Geschwindigkeiten knapp unter der Lichtgeschwindigkeit, bei denen diese eine Minute Stunden, Tage, Wochen oder sogar ganze Erdenjahre dauert. Bei einem theoretischen Erreichen der Lichtgeschwindigkeit würde diese eine Minute von der Erde betrachtet unendlich lange dauern. In diesem Moment wäre jeder Zeitvergleich mit Zeitabschnitten auf der Erde, seien es auch Jahre, Jahrhunderte oder sogar Millionen von Jahren, absolut sinnlos. Anders gesagt, bei Lichtgeschwindigkeit steht die Zeit völlig still. Wir sprechen von einem Moment, der unsere Vorstellungskraft sicher überfordert. Es handelt sich um einen Augenblick, in dem Begriffe wie Vergangenheit, Gegenwart und Zukunft ineinander verschmelzen, eins werden. In diesem Moment könnte man die gesamte Existenz aus der Sicht einer überzeitlichen Dimension der Ewigkeit wahrnehmen. Man dürfte diese Existenz allerdings nicht als einen unendlich langen Zeitabschnitt verstehen, sondern als einen Einbruch in eine Dimension, in der die Zeit einfach keine Wirkung hat.

Diese aus der Sicht der klassischen Physik buchstäblich fantastische Tatsache konnte erst viele Jahre nach der Veröffentlichung der Arbeiten Einsteins mithilfe genauer Messungen des Nachgehens einer auf einer Erdumlaufbahn installierten Uhr bzw. durch die Verlängerung der „Lebensdauer" einiger Teilchen bei hohen Geschwindigkeiten in modernen Teilchenbeschleunigern bewiesen werden. Bestätigt hat sich auch eine weitere theoretisch vorausgesagte Tatsache, wonach sich nicht nur die Zeit bei zunehmender Geschwindigkeit verlangsamt, sondern zunehmende Masse die gleiche Wirkung zeigt. Für aus unserer Umgebung bekannte Himmelskörper inklusive unserer Sonne ist diese Verlangsamung unerheblich. Obwohl die Sonne für unsere Verhältnisse bereits eine riesige Ansammlung von Masse darstellt, würde die Zeitverlangsamung auf ihrer Oberfläche nur 0,9999995 Sekunden gegenüber einer Erdensekunde betragen. Zu einer bedeutsamen Zeitverlangsamung käme es erst bei sehr großen Massenansammlungen, deren Existenz im Universum angenommen wird.

Diese beiden Möglichkeiten der Zeitverlangsamung (in Abhängigkeit von Geschwindigkeit oder Masse) bergen noch ein Paradoxon in sich. Mit zunehmender Geschwindigkeit wächst nämlich auch die Masse an. Auch dieses Phänomen wirkt sich sichtbar erst bei sehr schnellen Bewegungen knapp unterhalb der Lichtgeschwindigkeit aus. Ganz nahe an der Lichtgeschwindigkeit nimmt die Masse allerdings enorm zu. Die Zeitverlangsamung könnten wir also entweder mit der hohen Geschwindigkeit oder aber mit der großen Masse begründen.

Was unsere anderen gewöhnlichen die Zeit betreffenden Vorstellungen angeht, ergibt sich aus Einsteins Überlegungen und aus der konstanten Lichtgeschwindigkeit eine weitere überraschende Folge. Bei zwei sich aufeinander zu- oder voneinander wegbewegenden Körpern kann man nicht sagen, dass ein bestimmter Vorgang in beiden Körpern gleichzeitig geschieht. Unsere Vorstellung einer einfachen und eindeutigen Bestimmung von Gleichzeitigkeit hat in dieser Hinsicht auch keine Gültigkeit. Zur Illustration folgendes Beispiel: Stellen wir uns einen leeren, auf einer gerade verlaufenden Bahnstrecke mit konstanter Geschwindigkeit fahrenden Eisenbahnwaggon vor. In der Mitte des Waggons befindet sich eine Lichtquelle. In einem bestimmten Augenblick sendet sie einen kurzen Lichtblitz aus. Ein in diesem Waggon fahrender Beobachter kann sagen, dass der Lichtstrahl die Vorder- und Hinterwand gleichzeitig erreichte. Aus seiner Perspektive handelt es sich um zwei gleichzeitige Ereignisse. Aus der Sicht eines draußen stehenden Beobachters sieht das Ganze aber anders aus. Die Vorderwand des Waggons bewegt sich in die gleiche Richtung wie der Lichtstrahl, während die Hinterwand ihm entgegeneilt. Dieser Umstand führt unweigerlich dazu, dass der Lichtstrahl die Hinterwand ein wenig früher erreicht. Aus der Sicht des im Waggon sitzenden Beobachters handelt es sich also um gleichzeitige Ereignisse, aber der Außenstehende nimmt sie als zwei nacheinander ablaufende Vorkommnisse wahr. Die Relativität der Gleichzeitigkeit stellt einen weiteren Einbruch in unser so einfach und selbstverständlich scheinendes Weltbild dar. Zu diesem oben beschriebenen Gedankenexperiment muss man der Vollständigkeit halber anmerken, dass die Lichtgeschwindigkeit konstant bleibt und die Bewegung des Zuges sie auf keine Weise beeinflusst.

Verlassen wir aber jetzt die Welt der Physik, die uns theoretisch und experimentell die Relativität der Zeit bestätigt, und widmen uns unseren eigenen Erfahrungen, die wir im Zusammenhang mit der Zeit unmittelbar machen. Wir bewegen uns auf einem Feld, auf dem wir das Beobachtete weder mit genauen Zahlen beschreiben noch anhand irgendwelcher Berechnungen voraussagen können. Auch wenn sich aufgrund der rein subjektiven Gefühle keine objektiven Schlussfolgerungen über die Relativität der Zeit an sich machen lassen, können wir sehr wohl konstatieren, dass unsere Zeitwahrnehmung doch einige Zeichen von Relativität aufweist. Neben der physikalischen Zeit kennen wir auch die biologische Zeit und nicht zuletzt gibt es noch die psychologische Zeit, die aus der subjektiven Wahrnehmung der Länge der verschiedenen erlebten Situationen resultiert. In den Bereich der biologischen Zeit gehören verschiedene Biorhythmen, die an bestimmte Formen der inneren Uhr gekoppelt sind. Es gibt noch ein sehr wichtiges Phänomen bei lebenden Organismen, das von der Zeit abhängig ist. Diesen Prozess bezeichnen wir als das Altern. Dabei können wir oft einen Unterschied zwischen physikalischer und biologischer Zeit feststellen. Es gibt immer wieder Menschen, bei denen es scheint, als ob der Prozess des Alterns an ihnen vorbeigegangen wäre. Bei den anderen entsteht der gegenteilige Eindruck, die Zeit hinterlässt an ihren Körpern sichtbare und bleibende Spuren. Die biologische Zeit stimmt offensichtlich nicht mit der physikalischen überein. Die Relativität der Zeitwahrnehmung kennen wir nur allzu gut aus unserem Alltag. Auf der einen Seite stehen Minuten des angespannten Wartens, die uns wie Stunden vorkommen, und auf der anderen Seite sind es Stunden von uns als äußerst angenehm empfundener Situationen, die wie Minuten vergehen. Die Relativität der Zeit existiert also nicht nur in den komplizierten physikalischen Gleichungen, sondern wir erleben sie auch direkt mittels unserer Gefühle und Reaktionen der lebenden Organismen.

Bei genauerer Betrachtung erweist sich auch ein noch so klarer und selbstverständlicher Begriff wie die Gegenwart als relativ. Gewöhnlich unterteilen wir die Zeit in drei Grundabschnitte – Vergangenheit, Gegenwart und Zukunft. Wie bereits erwähnt, kann die Zeit nach den Gesetzen der Physik unter Umständen stehen bleiben und dann fallen die drei Zeitabschnitte zusammen. Diese sich aus der modernen Physik ergebende Konsequenz kann uns die Bedeutung der geheimnisvoll klingenden Worte aus alten alchimistischen Schriften näherbringen. Wir können da zum Beispiel lesen: „Für alles gibt es genug Zeit, auch dafür, dass sich die Zeiten vereinen." Falls wir die Formulierung „Vereinigung der Zeiten" als Verschmelzung von Vergangenheit, Gegenwart und Zukunft verstehen, kommen wir genau an den Punkt, an dem sich alte alchimistische Wissenschaft und moderne Physik begegnen und gewissermaßen eins werden. In diesem Sinne können wir noch weitere Gemeinsamkeiten zwischen unseren modernen wissenschaftlichen Erkenntnissen und verschiedenen alten spirituellen Lehren entdecken. In vielen alten Texten finden sich Hinweise darauf, dass die Zeit im menschlichen Leben nur ein relativer Faktor ist und dass ein Mensch mit gewöhnlichem Bewusstseinsniveau gar nicht imstande ist, das wahre Wesen der Zeit zu begreifen. Alte indische Schriften enthalten die hochinteressante Behauptung, dass es einen sogenannten Samen der Zeit gibt, der angeblich den kürzestmöglichen Zeitabschnitt darstelle. Ähnliche Gedanken finden wir auch in den Arbeiten einiger Physiker, die in ihren Denkmodellen mit einem kleinstmöglichen und nicht weiter teilbaren Zeitelement arbeiten. Die entsprechende Zeitspanne wäre mit 10 hoch minus 47 darzustellen. Die Vorstellung, dass es ein kürzestes und nicht weiter auflösbares Zeitintervall gibt, führt zum nächsten Paradoxon in unserer Zeitwahrnehmung. Diesen Aussagen können wir entnehmen, dass die Menschen sich bereits in längst vergangenen Epochen mit dem Phänomen Zeit intensiv beschäftigt haben. Ihre Überlegungen können uns als auch heute noch aktuelle Erkenntnisquelle dienen. Im Zusammenhang mit dem Problem der Zeiteinteilung in Vergangenheit, Gegenwart und Zukunft halten wir die Überlegung von Ing. J. Elger für sehr interessant, der sich jahrelang mit Yoga und anderen spirituellen Disziplinen beschäftigt hat. Er geht von dieser Zeitaufteilung in drei Abschnitte aus. Ohne lange nachdenken zu müssen, können wir konstatieren, dass die Vergangenheit nicht mehr existiert und sich damit unserer unmittelbaren Erfahrung entzieht. Ähnlich ist es mit der Zukunft, denn sie existiert noch nicht. Für eine direkte Wahrnehmung und das Erleben bleibt also nur die Zeitspanne, die wir als Gegenwart bezeichnen. Wie können wir aber diesen Begriff Gegenwart genau definieren? Falls wir uns mit dem Wort „jetzt" behelfen wollen, hört es bereits während des Aussprechens dieses Wortes auf, wahr zu sein, und wird zur Vergangenheit. Falls wir die Dauer des gegenwärtigen Augenblickes zum Beispiel mit einer Sekunde bestimmen, stellen wir gleich fest, dass diese Methode uns auch nicht weiterbringt. Trotz dieses kleinen Intervalls verrinnt nämlich die Zeit weiter und damit entsteht automatisch wieder der Aspekt der Vergangenheit, der

Gegenwart und auch der Zukunft. Wir können uns also entscheiden, das Intervall auf ein Zehntel, ein Hundertstel, ein Tausendstel oder beliebig kleine Bruchteile zu verkürzen. Auch im Rahmen der kleinsten Intervalle vergeht aber die Zeit, was wieder die Aufteilung in Vergangenheit, Gegenwart und Zukunft zur Folge hat. Wir geraten in eine paradoxe Situation – je mehr wir bemüht sind, den gegenwärtigen Augenblick abzugrenzen oder zu erfassen, umso mehr löst er sich auf und wird wörtlich zu nichts. Von den drei Zeiten hat für uns nur die Gegenwart Merkmale einer realen Existenz, und trotzdem schlagen alle unsere Versuche fehl, sie zeitlich abzugrenzen oder irgendwie zu definieren.

Aus unserer täglichen Erfahrung können wir konstatieren, dass ein Leben in der Zeit bedeutet, in der Gegenwart zu leben. Wir haben aber gerade feststellen müssen, dass die Gegenwart allen unseren Versuchen trotzt, sie mit gewöhnlichen zeitlichen Maßstäben zu definieren, und je intensiver und tiefer wir uns mit dieser Problematik beschäftigen, umso weniger greifbar wird sie. An dieser Stelle erinnern wir uns an die Behauptung vieler alter Lehren, dass die Zeit im Grunde genommen gar nicht existiert. Unsere Wahrnehmung der Zeit ist mit der ununterbrochenen Aktivität unseres Geistes, also dem Niveau des Verstandes, eng gekoppelt. Diese Lehren behaupten auch, dass über der Ebene des Intellektes noch subtilere Dimensionen existieren, in denen sich die Zeit nicht mehr auswirkt. Gleich ob wir den Teil des Menschen, der zu dieser Dimension gehört, als Seele, Geist, Über-Ich oder auch anders bezeichnen, es handelt sich um den wichtigsten Bestandteil des menschlichen Bewusstseins, der sich der Wirkung der Zeit entzieht und folglich ewig existiert. Wie schon erwähnt, wir dürfen uns diese ewige Existenz nicht als einen unermesslich langen Zeitabschnitt vorstellen. Diese Vorstellung gehört immer noch in die Dimension, in der die Zeit wirkt. Den Begriff Ewigkeit sollten wir eher als eine andere Qualität der Existenz, als eine andere Dimension des Seins verstehen, in der es eben keine Zeit gibt, weshalb Überlegungen in diese Richtung jeglicher Grundlage entbehren. Dem menschlichen Bewusstsein öffnet sich im Vergleich zum „normalen" Leben eine qualitativ ganz neue Sphäre der Existenz. Dieses unmittelbare Erleben kann man nicht aufgrund intellektueller Überlegungen oder Spekulationen erreichen. Zu diesem Ziel führt ein absolut entgegengesetzter Weg. Erst durch die äußere und auch innere Stille, erst wenn es uns gelingt, unsere praktisch nie endende Abfolge von Gedanken, Wünschen und Vorstellungen zum Stillstand zu bringen, kann sich in der tiefsten Ruhe das in sich versunkene menschliche Wesen seiner zeitlosen Existenz bewusst werden.

In diesem Sinne sei an Äußerungen aus heiligen Büchern erinnert. Falls wir uns von der kindlichen Vorstellung eines mit weiß geflügelten Engeln belebten Himmels verabschieden, können wir die Bedeutung der Aussage Jesu Christi viel besser verstehen: „Das Himmelreich findet ihr in euch selbst." Auch der biblische Ausdruck „Ich bin, der ich bin" kann uns der eigentlich zeitlosen Bedeutung der Worte „Sein" und „Gegenwart" näherbringen. Im Johannes-Evangelium können wir lesen: „[...] bevor Abraham war, bin ich." An anderer Stelle heißt es wörtlich: „Es wird keine Zeit mehr geben." Das Totenbuch der alten Ägypter erinnert uns: „Ich bin gestern, heute und auch morgen – ich bin eine göttliche Seele." Altindische Veden sagen dazu: „Was weder der Zeit noch dem Raum unterliegt, das ist der Heilige Geist." Auch die Bhagavad Gita, die Bibel der alten und auch der heutigen Inder, beschäftigt sich mit der Frage einer zeitlosen Existenz etwa mit den Worten: „Ich bin der Ungeborene, ich bin die Seele, die nie stirbt."

Die Illusion von der festen Materie

Bei der Erforschung der verschiedenen uns umgebenden Phänomene stoßen wir immer wieder auf alle möglichen Formen der Materie. Schließlich stellt auch unser Körper ein höchst kompliziertes materielles Gebilde dar. Unser Umgang mit der materiellen Welt und die Handhabung verschiedener Gegenstände wecken in uns die Überzeugung, dass es sich um etwas absolut Gewöhnliches und Alltägliches handele. Unsere im Kontakt mit der Materie gewonnenen Sinneseindrücke halten wir selbstverständlich für die Eigenschaften der beobachteten Gegenstände. Gedanken, inwieweit uns unsere Sinne objektiv informieren können oder ob unser Bild von der beobachteten Welt nur durch die Vorstellungskraft unseres Geistes entsteht, machen wir uns in der Regel kaum. Ein materialistisch orientierter Mensch ist so stark und fest mit der Welt der Sinne verbunden, dass er die Materie für die einzige Lebensrealität hält, und er baut auf dieser scheinbar sehr festen Grundlage auch seine Lebensphilosophie auf. Die etwas Älteren erinnern sich sicher noch ganz gut an die langen Jahrzehnte, in denen das materialistische Weltbild die einzig richtige und akzeptierte Philosophie verkörperte, ja sogar mit Gewalt Millionen von Menschen aufgezwungen wurde.[1] Damals entstand auch ein oft benutzter Ausdruck, der ein Paradoxon der materialistischen Ideologie darstellt. Es handelt sich um den sogenannten Wissenschaftlichen Materialismus. Die Verbindung dieser beiden Worte sollte den Eindruck erwecken, dass diese Philosophie auf wissenschaftlicher Grundlage aufgebaut sei und somit auch das einzig richtige Weltbild darstelle. Wenn wir allerdings die Forschungsergebnisse der Wissenschaft des 20. Jahrhunderts über die Struktur der Materie studieren, stellen wir bald fest, dass sie alles Mög-

---

[1] Gemeint ist damit vor allem das Leben in den kommunistischen Diktaturen.

liche bestätigen, nur nicht die materialistische Grundlage unserer Welt, so wie sie von den Verfechtern des Wissenschaftlichen Materialismus verbreitet wurde. Vereinfacht gesagt: Die moderne Wissenschaft hat eindeutig bewiesen, dass die Masse etwas ganz anderes ist, als wir denken, und dass die Vorstellung von der festen Materie buchstäblich eine Illusion ist. Erkenntnisse über die Struktur der Materie zeigen, dass wir in einer wundersamen Welt leben, von deren Informationen wir nur einen sehr begrenzten Teil wahrnehmen. Wenn wir nach Gegenständen in unserer Umgebung fragen, können wir Antworten auf verschiedenen Datenebenen erhalten. In der ersten Phase können wir zum Beispiel folgende Informationen bekommen: Der beobachtete Gegenstand ist ein Stein, er hat ein bestimmtes Gewicht, eine gewisse Größe, Farbe und Härte. Bei weiterem Interesse erfahren wir, dass es sich um einen Granitstein handelt. Viele Menschen würden sich mit diesen Informationen wahrscheinlich zufriedengeben. Bei weiteren Fragen nach dem inneren Aufbau dieses Gegenstandes fallen Informationen über seine Kristallstruktur oder chemische Zusammensetzung an. Jetzt befinden wir uns schon im Reich der Moleküle und der Atome, die Informationsmenge nimmt zu. Bei weiterer Wissbegier erfahren wir etwas über die Struktur der Atome. Willkommen in der Welt der Elementarteilchen. Falls wir bei der Bezeichnung „elementar" Bedenken haben, ist das nur gut. Die Verbindung dieses Adjektivs mit dem Wort „Teilchen" scheint nämlich angesichts der Erkenntnisse des 20. Jahrhunderts mehr als problematisch zu sein. Wir müssen feststellen, dass diese Teilchen, die man als elementar bezeichnete und die man für nicht weiter teilbare Grundbausteine der Materie hielt, wieder eine eigene innere Struktur haben, die durch weitere Teilchen und Energien gebildet wird.

Auf diesem Ausflug in immer kleinere Dimensionen geraten wir in Gebiete, die mit der ersten Aussage, dass ein gewöhnlicher Stein vor uns liegt, nur noch sehr wenig zu tun haben. An diesem Beispiel kann man aufzeigen, dass gerade dieser gewöhnliche Stein bei fundamentaler Fragestellung auch für unsere heutige

Wissenschaft ein großes Rätsel darstellt. Erinnern wir uns gleichzeitig auch daran, dass diese erstaunliche Welt, zu der wir mit unseren fünf Sinnen keinen Zugang haben, sich nicht irgendwo weit von uns entfernt befindet, sondern überall um uns herum in jedem Stück Materie, in jedem Gegenstand existiert und dass auch unser Körper ein Teil von ihr ist. Zur Illustration nennen wir in aller Kürze einige physikalische Erkenntnisse, die uns bei der Konfrontation unserer gewöhnlichen Vorstellungen mit der Realität der Feinstruktur der Materie helfen könnten.

Eine der Grundvorstellungen, die wir von Materie haben, ist ihre Festigkeit und ihre Kompaktheit. Handelt es sich um metallische Gegenstände, ist dieser Eindruck vollkommen. Auch heute noch sind viele Leute, wenn sie zum Beispiel eine Eisenkugel in der Hand halten, durch die Feststellung irritiert, dass sie eigentlich einen nahezu leeren Raum in der Hand haben. Die unmittelbare durch unsere Sinne vermittelte Erfahrung widerspricht zwar dieser Aussage, aber die Physik beweist eindeutig, dass die Materie-Konzentration in diesem Gegenstand sehr gering ist. Um diese Behauptung zu akzeptieren, brauchen wir ein Bild vom Aufbau der Materie auf atomarer Ebene. Dazu eine Basisinformation, die bereits Kinder in der Schule lernen. Ein Atom besteht aus einer Elektronenhülle und einem Kern. Im Kern befinden sich Protonen und Neutronen. Weniger wird allerdings der philosophische Aspekt erwähnt, der sich aus dem Verhältnis von Kern- und Gesamtgröße des Atoms ergibt. Wenn wir diesen Miniaturkern (der Durchmesser beträgt circa 0,00000000001 mm) auf die Größe eines Mohnkornes vergrößern, dann befindet sich die Elektronenhülle plötzlich in zehn Meter Entfernung. In diesem Kern werden aber 99,97 % der Gesamtmasse konzentriert. Anders ausgedrückt: Bei diesem Atommodell handelt es sich um eine Blase mit einem Radius von zehn Metern und einem Mohnkorn in der Mitte. Dieses winzige Körnchen stellt aber praktisch die gesamte Masse dar. So gesehen können wir die Verhältnisse im Inneren der Materie mit einer riesigen Lagerhalle vergleichen, in der wir Mohn einlagern wollen, allerdings unter der Bedingung, dass um jedes einzelne Mohnkorn eine Luftblase mit 20 Meter Durchmesser bleiben muss. Wir bringen dann nur ein paar Mohnkörner unter, denn den meisten Platz füllen die großen Luftblasen aus. Ähnlich ist es bei der uns gut bekannten Materie, die nach außen den Eindruck einer festen und undurchlässigen Struktur erweckt. Den überwiegenden Teil ihres Volumens nimmt der leere Raum ein. Die in großer Anzahl vorhandenen Teilchen bewegen sich sehr schnell, und für unsere Sinne entsteht dadurch die Illusion einer festen Oberflächenstruktur. Dazu fällt einem ein, ob es nicht möglich wäre, diese Elektronenhüllen bildenden Blasen irgendwie zusammenzudrücken bzw. ganz zu entfernen. Dann könnte man in dieser Lagerhalle statt ein paar Körnchen Milliarden von Mohnkörnern verstauen.

Eine derartige Verdichtung der Materie bewirkte entweder eine riesige Massenzunahme der uns bekannten Körper bei gleichem Volumen oder sie hätte bei gleich bleibendem Gewicht eine drastische Verkleinerung zur Folge. Wenn wir die zweite Möglichkeit wählen, hätte die ganze Masse des menschlichen Körpers die Größe eines Staubkörnchens, das nur im Mikroskop sichtbar wäre. Zur Illustration der ersten Möglichkeit nehmen wir als Basis einen gewöhnlichen, uns allen bekannten Stoff. Ein Spielwürfel von 1 x 1 x 1 cm aus einem der dichtesten Metalle, die auf unserer Erde vorkommen, würde ungefähr 20 Gramm wiegen. Solche Massendichte haben zum Beispiel Gold oder Platin. Im Universum gibt es aber Sterne, die die Astronomen als weiße Zwerge bezeichnen und bei denen es dank einer gewaltigen Schrumpfung zu einer Kompression dieser „Blasen" gekommen ist, die die Atomkerne weit voneinander entfernt halten. Die Atomkerne kommen näher zueinander, was einen gewaltigen Zuwachs an Massendichte zur Folge hat. Unser aus diesem Stoff hergestellter Spielwürfel wiegt dann mehrere Tonnen. Dieses Beispiel ist für uns zwar schwer vorstellbar, stellt aber längst noch keine höchstmögliche Verdichtung der Materie dar. Neben diesen weißen Zwergen, d.h. Sternen, die von einem mit unserer Sonne vergleichbaren Durchmesser (1 400 000 Kilometer) auf einen Durchmesser von nur 10 000 Kilometer geschrumpft sind, sprechen die Astronomen noch von sogenannten Neutronensternen. Hier werden die Atomkerne bereits von der immensen Gravitation zerquetscht und die überwiegend aus Neutronen bestehende Masse weist eine unvorstellbar große Dichte auf, die die Massendichte der weißen Zwerge noch 100 Millionen Mal übersteigt. In diesem Falle würde unser Spielwürfel schon 100 000 000 Tonnen wiegen. Diese Zahlen, die von einer unvorstellbaren Massenkonzentration zeugen, sind aber immer noch nicht die letzten. Auch wenn dieser Neutronenstern nun einen Durchmesser von nur 10 Kilometer hat, kann der Schrumpfungsprozess unter bestimmten Bedingungen noch weiter gehen. Mit zunehmender Massendichte wird auch die Gravitation größer, was eine weitere Schrumpfung verursacht. Das Objekt gerät in einen Kreislauf zunehmender Gravitation und Schrumpfung. Es bricht im wahrsten Sinne des Wortes in sich zusammen und es kommt zu einem Gravitationskollaps. Die Masse stürzt in Richtung der eigenen Mitte in sich zusammen und es gibt kein Entkommen mehr. Es entsteht ein ungeheuer kompaktes Objekt, das sich durch eine enorme Gravitation auszeichnet.

Um die Erdanziehungskraft zu überwinden, muss sich ein Körper mit einer Geschwindigkeit von 11,2 km/s bewegen. Um der Sonne zu entkommen, beträgt die Mindestgeschwindigkeit bereits mehr als 600 km/s. Bei einem Neutronenstern nimmt diese Mindestgeschwindigkeit weiter beträchtlich zu und im Falle eines infolge der Gravitation kollabierten Körpers reicht auch die höchstmögliche, also die Lichtgeschwindigkeit (300 000 km/s), nicht mehr aus, um sich von ihm zu lösen. Die Schlussfolgerung ist, dass nicht einmal das Licht einen solchen kollabierten Stern verlassen kann. Er ist kein Stern mehr, das heißt, er leuchtet nicht mehr, sondern verhält sich als absolut schwarzer Körper, der dank seiner gigantischen Gravitation alles anzieht. Aufgrund dieser Eigenschaften bezeichnet man solche Körper als „schwarze Löcher". Schwarze Löcher haben viel Interesse geweckt und dank ihrer merkwürdigen Eigenschaften hält man ihren Nachweis für eine der bedeutendsten Entdeckungen des 20. Jahrhunderts. In ihrer Nähe kommt es, ähnlich wie bei sehr hohen Geschwindigkeiten, zu einer Zeitverlangsamung und zu erheblichen Veränderungen der Raumgeometrie. (Dieser Problematik werden wir uns im nächsten Kapitel noch widmen). Schwarze Löcher stellen heute für uns keine rein hypothetischen Objekte dar. Auch wenn sie kein Licht ausstrahlen wie gewöhnliche Sterne verrät starke Gravitation in der Umgebung solcher Objekte ihre Existenz. Auf diese Art und Weise wurde der unsichtbare Teil des Doppelsterns Cygnus X-1 in unserer Galaxie als schwarzes Loch identifiziert. Es gibt aber auch andere Kandidaten, die die Kriterien für die Einordnung in diese außergewöhnliche Kategorie kosmischer Objekte erfüllen. Man nimmt an, dass besonders massive schwarze Löcher die Kerne von Galaxien oder die sogenannten Quasare bilden. Ihre Masse wird auf das Millionen-, ja Milliardenfache des Gewichts unserer Sonne geschätzt. Alles aus der Umgebung fällt mit gewaltiger Geschwindigkeit und hell strahlend in dieses Objekt hinein, bevor es für immer im Rachen dieser Gravitationsfalle verschwindet.

Neben diesen wahrlich grandiosen kosmischen Phänomenen spricht man auch von schwarzen Miniaturlöchern, die bei atomarer Größe über eine Masse von mehreren Milliarden Tonnen verfügten. Solch ein schwarzes Loch würde ohne Probleme durch „unsere Masse", also zum Beispiel auch durch unseren ganzen Planeten, durchgehen. Sollte aus unserer Erde ein schwarzes Loch werden, hätte dieses einen Durchmesser von circa einem Zentimeter.

Die Bezeichnung schwarzes Loch wurde in der zweiten Hälfte der Sechzigerjahre des vorigen Jahrhunderts eingeführt. In dieser Zeit wuchs das Interesse für ihre merkwürdigen Eigenschaften und gleichzeitig bemühten Astronomen sich verstärkt, solche schwarzen Löcher im Universum auch tatsächlich zu entdecken. Auch wenn einige theoretische Überlegungen, die sich, von der Relativitätstheorie ausgehend, mit der Problematik des Gravitationskollapses beschäftigen, noch älter sind, gibt es einen interessanten Text, der scheinbar alle unerwarteten Entdeckungen des 20. Jahrhunderts vorwegnimmt. In einer bereits Anfang des 20. Jahrhunderts erschienenen Geschichte beschreibt der Autor Gustav Meyrink eine merkwürdige schwarze Kugel, die der ganzen Geschichte auch den Namen gab. Zwei aus Indien stammende Magier führten dem neugierigen Publikum Experimente vor, bei denen in einer Glasflasche Gedanken zu Bildern wurden. Bei einer Versuchsperson ist in der Flasche statt eines Bildes eine schwarze Kugel entstanden, die bei Berührung mit der Glaswand die Flasche zerbrechen ließ, wobei die Splitter wie von einem Magneten angezogen in sie hineinflogen. Die samtschwarze Kugel schwebte unbeweglich frei im Raum. Eigentlich sah das Ding gar nicht wie eine Kugel aus und machte eher den Eindruck eines gähnenden Loches – und es war auch gar nichts anderes als ein Loch. Es zog zuerst alle kleineren Gegenstände an, dann verschwand in ihm auch ein Teil des Säbels eines Offiziers, welcher damit auf das Ding eingestochen hatte, um die entstandene Situation militärisch zu lösen. Nach dieser Attacke blieb ihm nur der Griff des verschwundenen Säbels in der Hand. Zur Aufklärung dieses Rätsels wird in der Geschichte erwähnt, dass in einem ähnlichen Gebilde unser ganzes Universum einmal sein Ende finden wird. Unter den Zuschauern wuchs die Unruhe, bis schließlich alle in Panik den Saal verließen. Da verliert sich auch die Spur der Experimentatoren und ihrer Kugel. Natürlich könnten wir konstatieren, dass es sich hier um eine interessante und gut erfundene Geschichte handele, und uns nicht mehr weiter mit der Fantasie des Autors beschäftigen. Wenn wir uns aber bewusst machen, dass es sich hier um eine nahezu exakte Beschreibung der Eigenschaften eines schwarzen Loches handelt und dass diese Geschichte lange vor der Veröffentlichung der Allgemeinen Relativitätstheorie geschrieben wurde, welche erst die Voraussetzungen für theoretische Überlegungen über ähnliche Objekte schuf, entsteht logischerweise die Frage, woher der Autor die Eingebung zu dieser Geschichte hatte. Gustav Meyrink interessierte sich für verschiedene esoterische Lehren, und wahrscheinlich fand er hier auch die Inspiration für die Beschreibung dieses merkwürdigen Objektes.

Die gewöhnliche Massenkonzentration in allen uns umgebenden Gegenständen ist aus diesem Blickwinkel sehr niedrig. Die Massendichte auch der dichtesten irdischen Stoffe ist sehr gering und ihr Volumen besteht größtenteils aus leerem Raum. Wenn wir aber diese Masse unter einem anderen Aspekt betrachten, kann sie uns noch weitere Überraschungen bereiten. Einerseits ist die Massenkonzentration der gewöhnlichen Stoffe zwar sehr niedrig, andererseits steckt in diesen Stoffen eine gewaltige Energie. Die Masse kann sich nach der berühmten Einsteingleichung $E = mc^2$ in reine Energie umwandeln und umgekehrt. [E (J) – steht für Energie; m (kg) – Masse; c (m/s) – Lichtgeschwindigkeit.] Auch wenn wir in diese Gleichung für die Masse nur 1 Gramm einsetzen, ergibt sich ein Energieäquivalent von 90 000 000 000 000 J. Damit wir uns diese Menge Energie besser vorstellen können, kann man sagen, dass es mit der aus einem Gramm beliebiger Masse (zum Beispiel Sand, Glas oder Holz) freigesetzten Energie möglich wäre, einen Zug mit 500 Waggons in einige Hundert Kilometer Höhe (über die Erdoberfläche) zu heben. Eine solch gigantische Energiemenge steckt im Inneren jeder „gewöhnlichen" Masse und könnte bei 100 % Umwandlung der Masse in Energie freigesetzt werden. Im Vergleich dazu ist die Verbrennung von Kohle, Öl oder Erdgas so ineffizient, dass sie buchstäblich nicht der Rede wert ist. Weder durch Kernspaltung noch mithilfe der Kernfusion lässt sich eine vergleichbare Energiemenge gewinnen. Die Menschheit leidet an Energiemangel und doch stecken in allem um uns herum (inklusive unseres Körpers) unvorstellbare, hoch konzentrierte Energiemengen. Die Wissenschaft kennt Prozesse, bei denen es zu einer vollständigen Umwandlung der Materie in Energie kommt. Es handelt sich um die sogenannte Annihilation, bei der Teilchen und Antiteilchen verschmelzen, wobei nur reine Energie entsteht. Die Vorstellung von einigen zum Beispiel mit gewöhnlichem Sand gefüllten Eimern, die den Tagesbedarf an Energie für unseren ganzen Planeten decken, erscheint sicher sehr verlockend. Andererseits – seien wir froh, dass es dem Menschen bis heute nicht gelungen ist, die Annihilationsreaktion zu beherrschen! Angesichts des gegenwärtigen moralischen Niveaus der Menschheit entstünde damit ein Instrument, dessen Gefährlichkeit die des heutigen gewaltigen Kernwaffenarsenals bei Weitem übersteigen würde.

Auch wenn es sich bei den Erkenntnissen der modernen Physik überwiegend um wenige Jahrzehnte alte Entdeckungen handelt, gibt es weit ältere Berichte ähnlicher Art. In altindischen Texten wird zum Beispiel eine gewaltige im Inneren der Materie verborgene Energie erwähnt und gleichzeitig wird davor gewarnt, diese Kräfte je gegen Menschen einzusetzen. Einige Passagen in alten alchimistischen Texten deuten eindeutig darauf hin, dass das Geheimnis der in der Materie verborgenen Energie keinesfalls eine ausschließliche Errungenschaft der modernen Physik ist. Angeblich gibt es sogar Berichte, nach denen ein in die alchimistischen Erkenntnisse Eingeweihter versucht hat, die Wissenschaftler vor Versuchen mit der Kernspaltung in größerem Rahmen zu warnen. Ob es nun diese Warnung gegeben hat oder nicht, die Experimente gingen weiter und zeitigten die uns allen bekannten unheilvollen Früchte.

Bis jetzt haben wir zwei rätselhafte Eigenschaften der Materie behandelt – ihre extrem niedrige Dichte und die gewaltige Energiemenge, die paradoxerweise darin steckt. Im Laufe der Jahrtausende beschäftigte die Menschen jedoch auch die Frage nach den Grundbausteinen, aus denen alle Stoffe bestehen. Bereits im Altertum tauchte die von der heutigen Wissenschaft bestätigte Ansicht auf, dass die Materie aus winzigen, nicht weiter teilbaren Teilchen besteht. Dieser Meinung verdanken wir auch die Bezeichnung Atom, auch wenn die Problematik der Unteilbarkeit der Elementarteilchen alles andere als einfach ist. Die Bemühungen, diese Elementarteilchen zu bestimmen, erweisen sich mittlerweile nämlich als recht schwierig. Als es den Wissenschaftlern gelungen ist, das Geheimnis des inneren Aufbaus des bis dahin unteilbaren Atoms zu entschleiern, tauchten nacheinander drei verschiedene Teilchen auf – Elektronen, die die Atomhülle bilden, sowie Protonen und Neutronen, aus denen der Atomkern besteht. Der Schlüssel zu einer einfachen Erklärung der Vielfalt der Elemente in der Natur schien greifbar nahe zu sein. Es entstand eine logische Vorstellung, die davon ausging, dass alle bekannten Elemente aus diesen drei Elementarteilchen bestehen. Nur ihre Anzahl in einzelnen Atomen bestimme die Eigenschaften und auch die Position des Elements im Mendelejew'schen Periodensystem. Das Grundschema des Aufbaus der verschiedenen Elemente gilt noch heute. Immer neue Entdeckungen von weiteren Teilchen machten diese einfache Erklärung des Weltaufbaus jedoch problematisch. Die Tabelle der bis heute entdeckten Teilchen ist bereits komplizierter als das Periodensystem. Es ist also verfehlt, von Elementarteilchen zu sprechen, wenn ihre Anzahl die Zahl der Elemente übersteigt.

Die Welt der Elementarteilchen ist kompliziert und vielfältig. Die Prinzipien des sogenannten gesunden Menschenverstandes verlieren hier ihre Gültigkeit. Ein Elektron kann zum Beispiel zwei verschiedene Öffnungen gleichzeitig passieren oder ein aus vielen Teilchen zusammengesetztes Gebilde kann eine kleinere Masse haben als die Summe der einzelnen Gewichte aller ihrer Teilchen. Die Lebensdauer einiger Teilchen wird in Millionstel oder sogar Milliardstel Sekunden gemessen. Nach dieser ultrakurzen Zeit erlöschen sie, verwandeln sich in Energie um oder ein anderes Teilchen. Die Teilchen bewegen sich oft mit schwindelerregender Geschwindigkeit. Werte von 10 000 oder 100 000 km/s bilden keine Ausnahme. Direkte Beobachtungsmöglichkeiten fehlen. Es gibt nur Methoden, mit deren Hilfe man indirekt Informationen aus zweiter Hand bekommt. Man kann zum Beispiel die Bahn des Teilchens registrieren, es selbst aber nicht, da die Licht- oder Elektronenstrahlen, mit denen die leistungsfähigsten heutigen Mikroskope arbeiten, das beobachtete Objekt zerstören oder stark verändern würden. Es ist, als ob wir mit einer Kanone auf uns interessierende Objekte schießen würden. Wichtig ist in diesem Zusammenhang auch, daran zu erinnern, dass die Teilchen keine winzig kleinen Kügelchen aus fester Materie sind, wie sie uns aus unserer Umgebung bekannt ist.

Von einer solchen Vorstellung muss man sich gänzlich verabschieden, auch wenn Teilchen der besseren Anschaulichkeit wegen oft so dargestellt werden. Teilchen spielen im Grunde genommen eine Doppelrolle. Einerseits verhalten sie sich wie Stoffteilchen, gleichzeitig verfügen sie aber über Welleneigenschaften. Es ist zum Beispiel unmöglich, die Position eines Elektrons im Wasserstoffatom zu bestimmen. Man kann nur etwas über die Wahrscheinlichkeit sagen, mit der sich ein Teilchen an einem bestimmten Ort innerhalb des Atoms befindet. Die Liste der angeführten Merkwürdigkeiten und Probleme aus der Welt der Elementarteilchen ist bei Weitem nicht vollständig. Die Beispiele deuten nur vereinfacht an, wie unsagbar kompliziert der Weg der Forscher ist, die versuchen, im Dschungel des Mikrokosmos die Grundbausteine unserer Welt und die dazugehörige Ordnung zu finden. So wie man die alte Vorstellung von der Unteilbarkeit der Atome aufgeben musste, so wurden auch die Hoffnungen zunichte, was Protonen und Neutronen betrifft. Die Physik drang erneut tiefer in die Feinstruktur der Materie vor und versucht mithilfe der sogenannten Quarks den Aufbau der Protonen und Neutronen zu erklären. Gerade diese Teilchen und die Leptonen (zum Beispiel: Elektron, Positron und Neutrino) wurden zuletzt für wirklich elementar gehalten und man glaubte deshalb, auf ihrer Grundlage die Existenz aller anderen Teilchen und die Materie überhaupt erklären zu können. Mittlerweile gilt diese Ansicht als überholt und die Physik steht vor dem nächsten und noch tieferen Einstieg in das Innere der Materie.

Um unser Bild der Materie als solider und zuverlässiger Teil unserer Welt noch mehr ins Wanken zu bringen, sei noch erwähnt, dass aus der Allgemeinen Relativitätstheorie hervorgeht, dass die Masse eines Körpers von der Geschwindigkeit abhängt, mit der er sich bewegt. Je höher die Geschwindigkeit, umso größer die Masse. Bei gewöhnlichen Geschwindigkeiten wirkt sich dieser Effekt so gut wie gar nicht aus, ähnlich wie bei der Zeitverlangsamung. Bei Werten nahe der Lichtgeschwindigkeit ist aber der Massenzuwachs schon markant. Bei Erreichen der Lichtgeschwindigkeit würde der Massenzuwachs ins Unendliche gehen, was zugleich eine natürliche Grenze darstellt, sodass sich kein Körper schneller als das Licht bewegen kann. Eine ins Unendliche anwachsende Masse kann natürlich keine Kraft mehr beschleunigen.

Die heutige Physik überzeugt uns, dass unser auf den Sinneswahrnehmungen basierendes Verständnis der Materie sich als zumindest problematisch erweist. Die Materie ist aus etwas aufgebaut, das von der Vorstellung, was feste Stoffe eigentlich sind, meilenweit entfernt ist. Zudem setzt sich in letzter Zeit unter den Wissenschaftlern die Meinung durch, dass Teilchen in Wirklichkeit gar keine Masse besitzen. Was uns als Masse erscheint, ist nur die Wechselwirkung zwischen dem Teilchen und dem allgegenwärtigen Higgs-Feld. Falls es zwischen dem Teilchen und dem Higgs-Feld zu einer starken Interaktion kommt, müsste es eine größere Masse besitzen. Einer schwächeren Wechselwirkung entspräche ein niedrigeres Gewicht.

Am Ende dieses Kapitels erinnern wir uns nochmals an einen Begriff aus der indischen Philosophie, der dafür steht, dass unsere Vorstellung von der Welt nichts anderes als Maja – eine Täuschung, eine Illusion – ist. Das sollte in uns aber natürlich keine Resignation hervorrufen, sondern uns eher dazu motivieren, uns der Tatsache bewusster zu werden, dass die Welt etwas anderes ist, als es uns scheint.

Das Rätsel des leeren Raumes

Beim gewöhnlichen Nachdenken können wir uns sicher kaum etwas Langweiligeres als einen absolut leeren Raum vorstellen. So wenig wir uns auf unseren sogenannten gesunden Menschenverstand verlassen können, was Merkwürdigkeiten bezüglich Zeit und Materie angeht, so unnütz erweist er sich auch bei der Betrachtung und Bewertung des uns umgebenden Raumes, in dem sich alles abspielt. Die übliche Raumvorstellung ließe sich vielleicht mit dem Bild eines leeren Aquariums beschreiben, dessen imaginäre Wände in der gleichen Ebene immer weiter ins Unendliche verlaufen. Im Grunde genommen gibt es hier überhaupt nichts, und nur die Notwendigkeit der drei Raumachsen zur Bestimmung eines Punktes in diesem Raum erzeugt die falsche Vorstellung der zueinander senkrechten Richtungen.

Den Raum, in dem wir leben, können wir als dreidimensional bezeichnen. Es fällt uns sicher nicht schwer, uns Räume mit wenigen Dimensionen vorzustellen. Ein nulldimensionaler Raum entspricht einem Punkt, der eindimensionale Raum stellt dann eine Gerade dar, und um uns zweidimensionale Räume vorzustellen, greifen wir auf Flächen zurück. Schwieriger wird es, wenn wir anfangen, über vieldimensionale Räume nachzudenken. Theoretisch können wir über vier-, fünf- oder auch zehndimensionale Räume sprechen. Unsere Vorstellungskraft versagt aber kläglich bei diesen höheren Dimensionen. Mathematiker sind in dieser Hinsicht im Vorteil, da sie sich dank ihrer mathematischen Methoden verhältnismäßig einfach in diese mehrdimensionalen Räume flüchten können, um hier verschiedene Aufgaben zu lösen. In einigen Fällen wird sogar ein dreidimensionales Problem in einen vierdimensionalen Raum umgewandelt, in dem die Lösung einfacher zu finden ist, und das Ergebnis dann in den dreidimensionalen Raum zurücktransformiert. Um diese mathematischen Tricks wenigstens andeutungsweise darzustellen, bedienen wir uns eines einfachen Beispiels mit Punktkoordinaten. Auf den Skizzen 1–3 sehen wir Punkt A im ein- bis dreidimensionalen Raum abgebildet. Die Zahlen, mit denen man die Position des Punktes im Raum beschreibt, stehen in der Klammer und geben die Koordinate auf den einzelnen Achsen an.

Im eindimensionalen Raum, den man zum Beispiel mit einem Punktstrich darstellen kann, reicht zur Bestimmung der Position des Punktes eine einzige Koordinate.

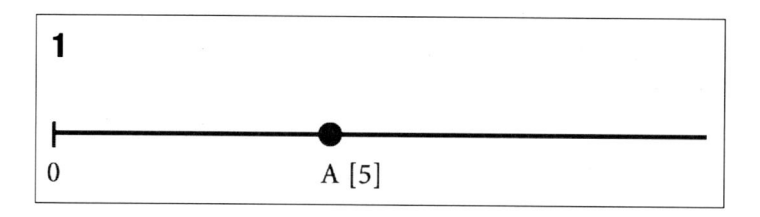

1

0   A [5]

Im zweidimensionalen Raum (eine Fläche) braucht man zum gleichen Zweck bereits zwei Angaben.

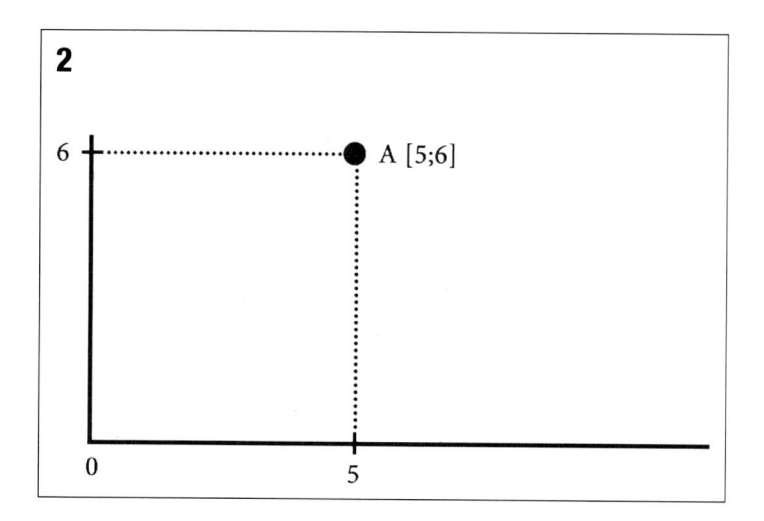

2

6 ....● A [5;6]

0   5

Beim dreidimensionalen Raum, in dem wir uns alle bewegen, sind drei Koordinaten erforderlich.

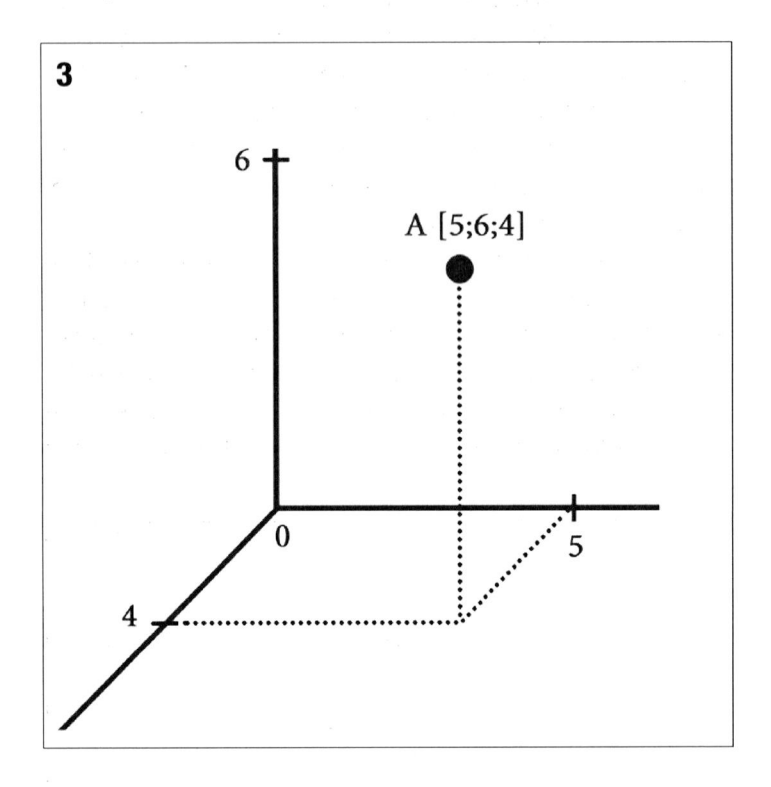

Diese Problematik beherrschen in der Regel bereits Kinder auf der Hauptschule. Nach den Gesetzen der Logik können wir fortfahren und die Position unseres Punktes auch im vierdimensionalen Raum mathematisch bestimmen, zum Beispiel: A (3, 2, 5, 1). Ähnlich dann auch in einem fünfdimensionalen Raum: A (2, 7, 9, 6, 3). Von den Grundoperationen lassen sich weitere ableiten und so kann man sich in einem vierdimensionalen oder beliebigen anderen Raum bewegen.

Was aber auch den Mathematikern fehlt, ist die Vorstellung von diesen höheren Dimensionen, in denen sie sich bei ihren Berechnungen bewegen.

Unsere Sinne und unser Intellekt verarbeiten im Laufe unserer ganzen Existenz auf dieser Welt Informationen, die durch die dreidimensionale Form unserer Umgebung limitiert werden. Aus diesem Grunde fällt es uns so schwer, uns einen mehr als dreidimensionalen Raum vorzustellen. Um uns einige Aspekte eines mehrdimensionalen Raumes zu veranschaulichen, können wir einen Vergleich mit Raumdimensionen heranziehen, die wir uns ohne Weiteres vorstellen können, also zum Beispiel mit ein- oder zweidimensionalen Räumen.

In diesem Zusammenhang ist es sehr aufschlussreich, darüber nachzudenken, wie uns diese drei Dimensionen einschränken. Stellen wir uns vor, wir wären ein eindimensionales Wesen und lebten auf einer Gerade. Wenn jetzt rechts und links von uns eine Abgrenzung aufgebaut wird, werden wir sofort zu Gefangenen innerhalb dieser Abszisse. (Abbildung Nr. 4) Nehmen wir jetzt

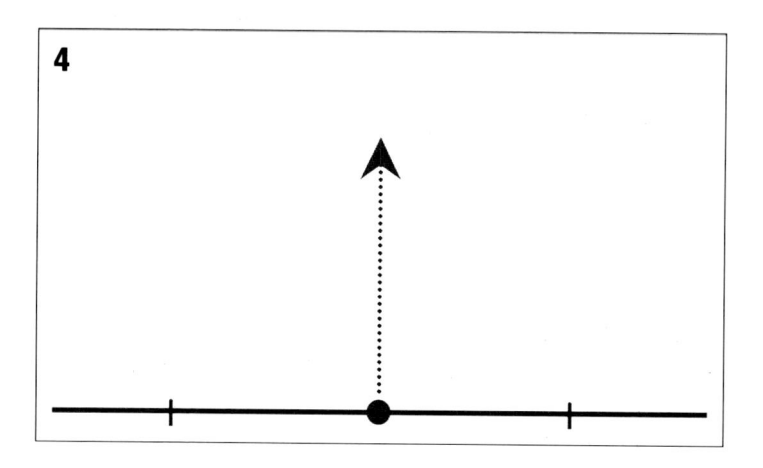

an, dass wir von der höheren – zweidimensionalen – Welt wissen und diese weitere Dimension auch nutzen können. In diesem Falle könnten wir unser Gefängnis an jeder beliebigen Stelle verlassen. Für unseren potenziellen eindimensionalen Weggefährten, der nicht auf unserem Wissensstand wäre, würde unser Übertritt in die zweite Dimension sicher ein Zauberkunststück darstellen.

Analog dazu stellen wir uns vor, dass wir als zweidimensionales Wesen auf einer Fläche leben. Wollte uns jemand in unserer Bewegungsfreiheit einschränken, müsste er um uns herum eine Abgrenzung ziehen, zum Beispiel in Form eines Quadrats. (Abbildung Nr. 5)

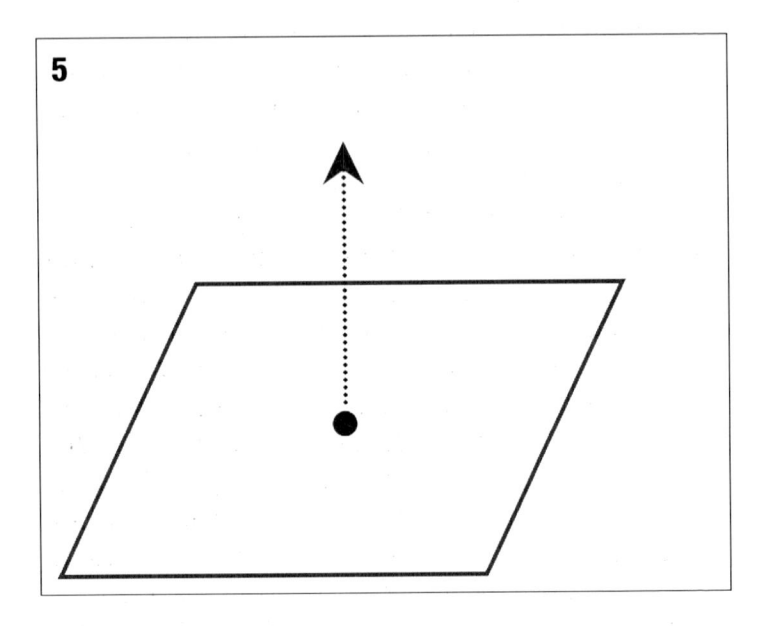

5

Dieses würde für uns zum Gefängnis, ähnlich wie im ersten Beispiel die Abszisse auf der Gerade.

Angenommen, wir sind imstande, uns im dreidimensionalen Raum zu bewegen, so gäbe es auch hier die Möglichkeit, aus diesem Gefängnis zu entkommen. Unser von allen Seiten begrenztes Quadrat könnten wir wieder an beliebiger Stelle verlassen, ohne uns den Grenzen nur zu nähern. Wir könnten von unserem neuen Standort sogar noch auf das abgegrenzte Quadrat oder auch auf alle anderen zweidimensionalen, „hermetisch" abgeschlossenen Welten herabschauen, die sich unter uns befinden. Für die Bewohner dieser Welten blieben wir aber verborgen und sie würden weiter im Glauben leben, dass ihre Quadrate, Kreise oder Rechtecke niemand von außen einsehen kann.

Beide beschriebenen Beispiele sind sehr einfach, und uns hindert sicher nichts daran, uns in diesem Sinne in die Lage eines ein- oder zweidimensionalen Wesens zu versetzen. Die bei diesem Gedankenexperiment gewonnenen Schlüsse können wir auf unseren dreidimensionalen Raum übertragen. Hier würde dann ein Würfel das Gefängnis in Form eines Quadrats ersetzen. Stellen wir uns also vor, dass wir in einem aus massiven Betonwänden ohne jegliche Öffnungen bestehenden Würfel eingeschlossen sind. Handelte es sich tatsächlich um ein Gefängnis, würden wir sehr schnell jede Hoffnung aufgeben, hier zu entkommen, diesen Grund zur Resignation hätten wir aber nur als dreidimensionale Wesen. Besäßen wir die Fähigkeit, uns in der vierten Dimension zu bewegen, könnten wir wieder unser Gefängnis an beliebiger Stelle verlassen, ohne durch die Wände zu gehen oder uns ihnen nur zu nähern. Wir könnten uns zum Beispiel direkt aus der Mitte des Würfels aus diesem von allen Seiten abgeschlossenen Raum wegtransportieren. Die im Würfel zurückgebliebenen „Mitgefangenen" würden es sicher wieder für ein Wunder halten, während wir uns aus unserer vierten Dimension das Leben im Inneren des Würfels ansehen könnten. Wir könnten natürlich auch in alle anderen in verschiedenen Formen existierenden dreidimensionalen Welten hineinsehen. Falls uns eine solche Vorstellung als zu fantastisch erscheint, sollten wir uns daran erinnern, dass sie genauso fantastisch ist wie die Vorstellung des Entkommens für unseren zweidimensionalen in seinem „undurchlässigen" Quadrat lebenden „Gefangenen".

Bei dieser Gelegenheit möchten wir an Berichte aus verschiedenen Ländern und Zeiten erinnern, die ab und zu an die Öffentlichkeit gelangen. Sie beschreiben den Verlauf aller möglichen Versuche, die aber einen gemeinsamen Nenner haben. Es handelt sich immer um das Entkommen einer Person aus einem gut verschlossenen und gesicherten Raum. Bei einigen Versuchen geht es um Betonbunker mit Panzertüren und vielen Kontrollposten inklusive technischer Einrichtungen zur Überwachung der Seriosität dieser Experimente. Das Resultat solcher, auch gut überwachter Versuche ist fast immer gleich. Der Experimentator erscheint binnen weniger Sekunden außerhalb dieses Raumes. Bei anderen Versuchen ließen sich die Experimentatoren in Kisten oder Fässer einschließen und in einen tiefen Fluss werfen. Ähnlich wie im ersten Fall tauchten sie nach einem kurzen Augenblick wieder am Ufer auf. Wenn man den Aspekt der Objektivität solcher Berichte außer Acht lässt, auf welchen wir an dieser Stelle gar nicht eingehen möchten, könnten sie gerade aufgrund der vorher aufgeführten Überlegungen von höheren Dimensionen geklärt werden, vorausgesetzt, sie sind wahr. Es würde sich dann um die merkwürdige Fähigkeit handeln, sich auch mit dem physischen Körper in der vierten Raumdimension zu bewegen.

Wenn wir jetzt bei unseren Überlegungen den Bereich dieser erstaunlichen Attraktionen verlassen, können wir Hinweisen zu dieser Problematik auch auf einem anderen Niveau begegnen. In vielen geistigen Texten esoterischen Charakters finden sich Aussagen, wonach der Mensch durchaus fähig ist, sowohl die Raum- als auch die Zeitgrenzen zu sprengen. Nicht wie bei den oben beschriebenen Experimenten, sondern auf eine Art und Weise, die mit dem Zustand des Bewusstseins zusammenhängt. Es wird behauptet, dass der niedrigere Teil des menschlichen Bewusstseins an die Erscheinungsformen der Materie, der Zeit und des Raumes gebunden ist. Dieses gewöhnliche Bewusstsein ist aber nicht der einzige bewusste Bestandteil des menschlichen Wesens. Es gibt auch höhere, überintellektuelle oder supramentale Bereiche des menschlichen Bewusstseins, die bei den meisten Menschen nur nicht aktiviert sind und die existieren und wirken können, ohne vom dreidimensionalen Raum irgendwie eingeschränkt zu werden. Der Mensch muss allerdings in seiner Entwicklung genug gereift sein, um diese Bereiche seines Bewusstseins zur Geltung zu bringen und sie auch sinnvoll zu nutzen. In diesem Kontext kann man sich ganz gut eine Tatsache vorstellen, über die diverse geistige Lehren und auch viele Religionen sprechen. Es handelt sich um den Hinweis, dass der Mensch keinesfalls das einzige intelligente Geschöpf ist und dass es Wesen gibt, die in ihrer Entwicklung uns Menschen weit überlegen sind. Ihr Bewusstsein und ihre Tätigkeiten realisieren sich aber auf einem Niveau, das für einen gewöhnlichen Menschen absolut unvorstellbar ist. Wenn wir uns von dem kindischen Bild eines von pummeligen Engelchen bewohnten Himmels befreien, die auf ähnlich bauschigen Wölkchen ihre Zeit verbringen, können wir in vielen religiösen Texten einen Hinweis auf die Existenz unvergleichlich höherer Lebensformen finden, als uns unmittelbar bewusst ist.

Überlegungen über eine vierte Dimension korrespondieren auch mit dem geistigen Erbe vieler Lehren, in denen auf eine Interaktion zwischen den höheren Dimensionen und unserer Welt hingewiesen wird. Genau so kann man sich die Beziehung der vier- und der dreidimensionalen Welt vorstellen. Beide sind ein Teil derselben Existenz, die sich aber auf verschiedenen Ebenen manifestiert.

In unserer Raumvorstellung rechnen wir wie selbstverständlich mit seiner Existenz, unabhängig von der in ihm enthaltenen Massenkonzentration. Diese Prämisse entbehrt aber angesichts der Erkenntnisse der modernen Physik jeder Grundlage. Es zeigt sich sogar, dass ein leerer Raum im Grunde genommen gar nicht existieren kann. Die Existenz von Raum und Materie bedingt sich eigentlich gegenseitig, denn die Beschaffenheit eines Raumes wird durch die Massenkonzentration determiniert. Laut Albert Einstein ist die Gravitation nichts anderes als ein Ausdruck der Raumkrümmung in der Nähe massereicher Objekte.

Für einen Menschen, der bei seinen Überlegungen von den Schulinformationen auf dem Gebiet der Geometrie ausgeht, wird sicher die Behauptung komisch klingen, dass die ganze Schulgeometrie nur unter der Voraussetzung gelten würde, dass sich in unserem Universum keine Materie befände. Die bloße Existenz der Materie deformiert den Raum und somit gelten auch keine geometrischen Lehrsätze mehr, welche zum Beispiel in einer idealen Ebene ohne Weiteres ihre Gültigkeit haben, d. h. in einer Ebene, die sich ohne jegliche Deformation ins Unendliche erstreckt. Die Physik lehrt uns aber, dass so etwas um uns herum eben nicht existiert und dass die aufgrund dieser Lehrsätze gewonnene Vorstellung von den Eigenschaften des Raumes nicht der Realität entspricht. Jeder materielle Körper, jede Wirkung der Materie im Universum beeinflusst und verändert den angrenzenden Raum. Das Problem besteht aber darin, dass sich der dreidimensionale Raum verformt, was wir aber mit unserer Sinneswahrnehmung nicht erfassen können. Greifen wir auf das Modellbeispiel zurück, in dem wir als zweidimensionale Wesen existieren und diese Papieroberfläche unseren Lebensraum darstellt. Falls die Oberfläche dieses Blattes eine ideale Ebene bildet, deckt sich unsere Vorstellung vom zweidimensionalen Raum mit der erwähnten Schulgeometrie. Wenn aber das Blatt jetzt zu einem Röhrchen eingerollt wird, haben wir als zweidimensionale Wesen keine Chance, diese Veränderung unseres Lebensraumes wahrzunehmen, da dieses Einrollen der Ebene nur in einem dreidimensionalen Raum hat stattfinden können. Es würde uns wahrscheinlich sehr überraschen, dass wir wieder den Ausgangspunkt erreicht haben, obwohl wir nur in eine Richtung gegangen sind, allerdings von der Gegenseite her.

Wenn auf ähnliche Art und Weise unser dreidimensionaler Raum „eingerollt" würde, hätten wir auch keine Chance, diese Veränderung unmittelbar wahrzunehmen. Es ist also der besseren Anschaulichkeit wegen von Vorteil, sich mit Beispielen und Abläufen im zweidimensionalen Raum zu behelfen, wenn wir über Raumdeformationen sprechen.

Die zweidimensionale Welt können wir uns als Oberfläche einer dünnen elastischen Membran vorstellen, die eine gerade Fläche bildet. (Abbildung Nr. 6a)

6 a

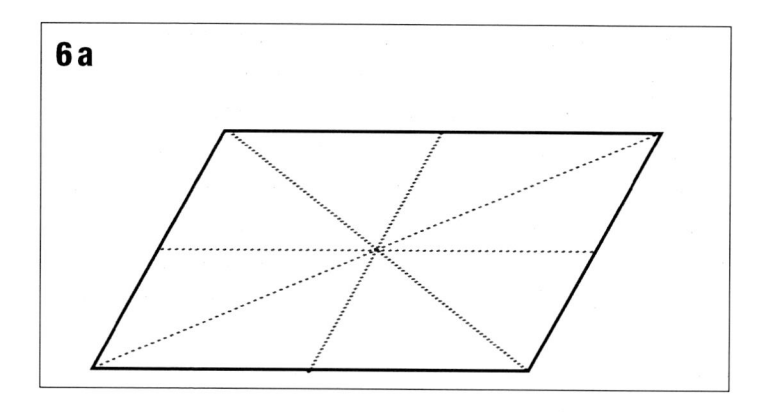

Wenn es an einer Stelle dieser Membran zur Konzentration der Masse kommt und die Membran nachgibt, ändern sich auch die Eigenschaften dieses zweidimensionalen Raumes. (Abbildung Nr. 6b)

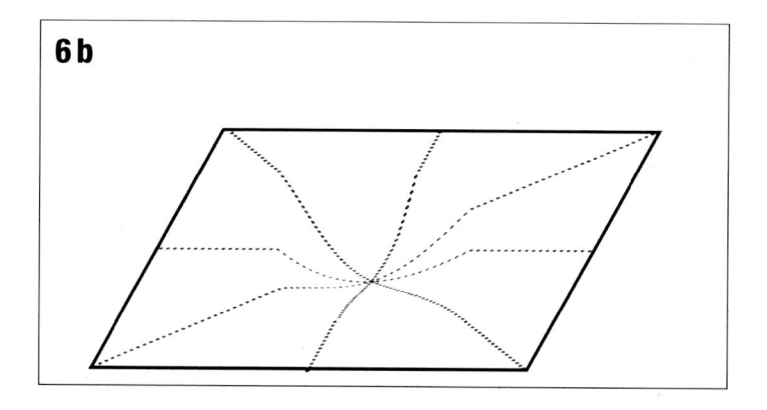

6 b

An der Stelle der Materieanhäufung entsteht eine gewisse Vertiefung, eine Art Delle, durch die wir als zweidimensionale Wesen bei unserer eventuellen Reise gehen müssen, denn wir können die Oberfläche dieser Membran natürlich nicht verlassen. Und gerade solche „Dellen", die eigentlich die Deformationen des dreidimensionalen Raumes in der Umgebung von Masseobjekten darstellen, hat Albert Einstein mit dem Phänomen gleichgesetzt, das wir als Gravitation bezeichnen. Jeder materielle Körper deformiert in seiner Umgebung den Raum, und wir nehmen diese Veränderung der Raumgeometrie als Kraft wahr, die uns anzieht. Da es im Universum eine unzählbare Menge materieller Körper gibt, kann dieser Raum auf gar keinen Fall etwas darstellen, was man in der „zweidimensionalen Welt" mit einer idealen Ebene vergleichen könnte.

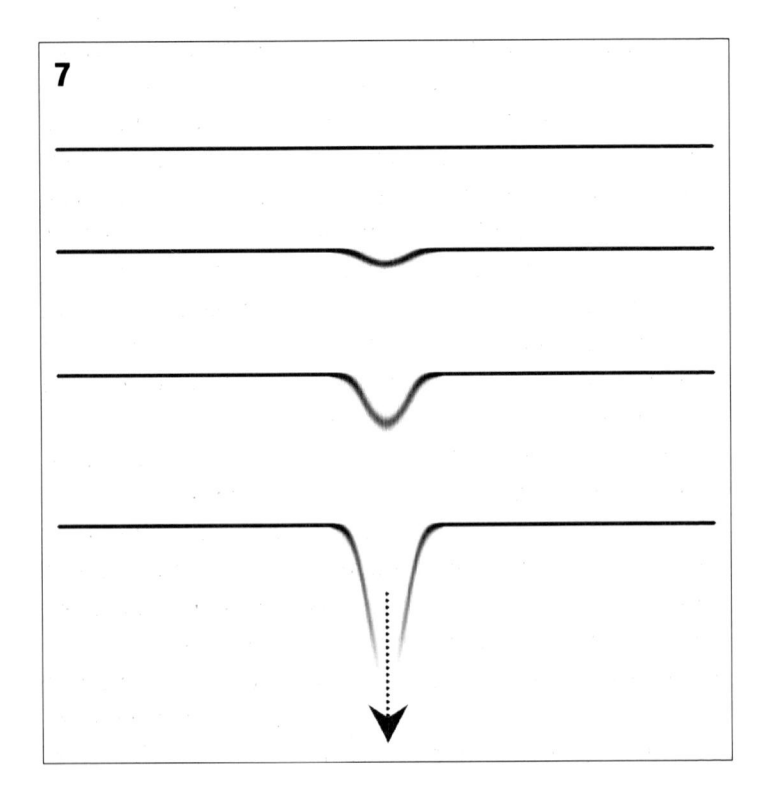

Das Ausmaß der Deformation entspricht der Massekonzentration. Im Falle der uns umgebenden gewöhnlichen Körper sind diese Veränderungen sehr gering. Anders sieht es aber bereits bei Körpern von der Größe unserer Sonne aus. Hier ist die Deformation jedenfalls nicht mehr vernachlässigbar. Bei der Beobachtung unserer Sonne haben sich auch Einsteins Hypothesen zur Raumkrümmung bestätigt. Die Lichtstrahlen der anderen Sterne mussten in Sonnennähe tatsächlich der von ihr verursachten Raumkrümmung folgen und brachten somit einem irdischen Beobachter leicht andere Informationen, als man aufgrund der bekannten Sternposition erwarten konnte. Wenn wir uns an die Passagen über hohe Massekonzentrationen erinnern, zu denen man unter bestimmten Umständen kommen kann, wird uns klar, dass es zum Beispiel in der Nähe eines weißen Zwergs oder mehr noch eines Neutronensterns zu einer sehr starken Raumkrümmung kommt. In der Nähe von schwarzen Löchern entsteht eine so starke Raumdeformation, dass die im Vergleich beschriebenen „Dellen" auf der elastischen Membran in Wirklichkeit zu einer bodenlosen Falle werden. (Abbildung Nr. 7)

Bei dieser Abbildung muss unbedingt daran erinnert werden, dass der die Richtung der Deformation bezeichnende Pfeil eigentlich in Richtung einer weiteren Dimension weist. In diesem Sinne stellt ein schwarzes Loch in unserer dreidimensionalen Welt letzten Endes einen Korridor oder einen Tunnel in die vierte Dimension dar.

Hier können wir auch eine Antwort auf die Frage finden, wo man eine höhere Dimension suchen sollte, wo sich die geheimnisvolle vierte Dimension befindet. Sehen wir uns in unserer dreidimensionalen Welt gründlich um, dann stellen wir fest, dass es keine andere senkrecht zu den drei bereits bekannten Grundrichtungen verlaufende Richtung gibt. Ein schwarzes Loch entsteht durch Kollabieren der hoch konzentrierten Materie, die in sich zusammenfällt. Das kann als Hinweis dienen, dass die gesuchte vierte Dimension in das Innere der Materie zielt.

In diesem Sinne bietet sich auch ein Vergleich mit der Tradition der geistigen Lehren an. Auch hier wird eine dem Menschen gegebene Möglichkeit erwähnt, auch höhere Dimensionen zu erreichen. Gleichzeitig wird gewarnt, dass sich diese weiteren Dimensionen nicht in der Außenwelt finden lassen, nicht außerhalb des Menschen, sondern dieser soll in sich gehen und sein Bewusstsein in einen einzigen Punkt, in das Atom seiner eigenen Existenz, konzentrieren, das ihm den Kontakt mit einer höheren Dimension des Lebens vermitteln kann. Auch wenn sich die beiden angeführten Beispiele jeweils in ihrer Sphäre realisieren, das erste im physischen Bereich und das zweite auf dem Gebiet der mentalen Fähigkeiten, deutet ihre Ähnlichkeit sicher auf etwas mehr hin als auf reinen Zufall.

In den esoterischen Lehren gibt es noch einen weiteren, bei oberflächlicher Betrachtung paradoxen Begriff, der wie spiegelbildlich auch in den Abhandlungen der heutigen Physik über den leeren Raum zu finden ist. Diverse geistige Lehren charakterisieren die höchste Realität als eine „alles erfüllende Leere" oder ein „alles beinhaltendes Nichts". Diese Realität kann der die Wahrheit suchende Mensch als die höchste Erfahrung erleben, wenn die übergeordneten Anteile seines Bewusstseins zum Ausdruck kommen. Eine Berührung mit dieser Form der höchsten Existenz entzieht sich jeglicher Beschreibung mit Worten, und man kann sie nur mittels eigener unmittelbarer Erfahrung erreichen. Man spricht dann nicht mehr vom Paradoxon der zwei entgegengesetzten Bedeutungen der Worte „Leere" und „Erfüllung". Man erreicht eine Sphäre der Einheit, in der die Ausdrücke der Dualität, mit denen unser Intellekt zu arbeiten gewohnt ist, hinfällig werden. Es ist sehr interessant, dass die heutige Wissenschaft hinter der Welt der Phänomene eine Realität findet, auf die diese Beschreibung der Leere ganz gut passt. Einer Leere, die voll von schöpferischem Potenzial ist, einer Leere, die die Quelle der Existenz des ganzen Universums darstellt.

Laotse bezeichnet die höchste Erfahrung als „die große Leere" – ein Zustand der höchsten Existenz ohne jede Form, ohne Materie und auch ohne Bewegung. Ein unaussprechliches und unbeschreibliches Sein, das man nur charakterisieren kann, indem man beschreibt, was es alles nicht ist. Menschen, die sich nach Erkenntnis sehnen, rät Laotse: „Erreicht die weitestgehende Leere, gebt euch der höchsten Stille hin!"

Paul Brunton meint dazu, dass ein Mensch, der das hohe Niveau des Verständnisses der höchsten Leere erreichen will, Worte, Symbole, Zahlen, alle Kategorien und Vorstellungen hinter sich lassen muss, um in diesen Zustand der absoluten Stille einzutauchen.

Auch Aurelius Augustinus sagt, dass die Welt durch die Wirkung der göttlichen Intelligenz aus dem Nichts entstanden ist.

Die heutige Physik stellt bei der Erforschung des Vakuums fest, dass es keinen leeren Raum im Sinne einer absoluten Leere gibt. Auch das Vakuum, von dem man glaubt, dass es überhaupt nichts beinhaltet, stellt eine Energieform dar. In diesem Sinne spricht man also von der Energie des Vakuums. Bei den Erwägungen über die Entstehung des Universums tauchte im Wortschatz der Wissenschaftler auch der Begriff „falsches Vakuum" auf, aus dem alle bekannten Materieformen entstanden sind. Man nimmt an, dass diese Form des Vakuums riesengroße Mengen an noch nicht verwirklichter, potenzieller Energie enthalten hat. Wir wissen bereits, dass man zwischen Energie und Materie ein Gleichheitszeichen setzen kann, und für diese Energie des falschen Vakuums sind Werte charakteristisch, die die in gewöhnlicher Materie enthaltene Energie um ein Vielfaches übersteigen. Diese Energiemenge übertrifft sogar das Energieäquivalent der Masse, das bei dem extremen Schrumpfen der Sterne entsteht. Aus dem oben Gesagten folgt, dass es, in Abhängigkeit von der latenten Energie, die sie enthalten, verschiedene Formen des leeren Raums geben kann.

Das nächste merkwürdige Phänomen, von dem die Physik berichtet, ist die Existenz der sogenannten virtuellen Teilchen. Diese Teilchen scheinen sowohl zu existieren als auch gleichzeitig nicht zu existieren. Oder besser gesagt, sie existieren in latenter Form und nur unter bestimmten Umständen tauchen sie über dem Horizont unserer Welt auf, um meist sehr schnell wieder im Ozean der Leere zu verschwinden.

Inzwischen ist allgemein bekannt, dass zu jedem Teilchen auch ein Gegenstück, sein Gegenpol in Form eines Antiteilchens, existiert. Diese Antiteilchen stellen ein gewisses Spiegelbild des konkreten Teilchens dar. Sie verfügen über die gleichen Eigenschaften, zum Beispiel die Größe des elektrischen Potenzials, nur gegensätzlich polarisiert. So verfügen ein Elektron und ein Positron über das gleiche elektrische Potenzial. Das Elektron ist aber negativ, das Positron dagegen positiv geladen.

Diese virtuellen Teilchen tauchen paarweise aus der Leere auf. Es ist für sie kennzeichnend, dass sie aufhören zu existieren, nachdem sie sich verbunden haben, da es bei diesem Prozess zu einer vollständigen Umwandlung in reine Energie kommt. Falls wir uns das Auftauchen der Teilchenpaare aus dem Vakuum ein wenig veranschaulichen wollen, können wir vereinfachend auf das Beispiel mit der Zahl Null zurückgreifen. Aus mathematischer Sicht hat die Null die gleiche Funktion wie physikalisch betrachtet der leere Raum. Einfach gesagt, gewöhnlich bedeutet für uns beides: nichts. Eine leere Null kann aber in gewissem Sinne eine unendliche Quelle der Zahlenpaare mit entgegengesetzten Vorzeichen darstellen. Aus Null entstehen Paare +1 und –1, +2 und –2 und weitere beliebige Paare, die am Wert der Null nichts ändern.

$$0 => +-1, +-2, +-3, +-4, +-5 \ldots$$

Wenn wir die Zahlenpaare wieder zusammenfügen, bekommen wir immer den Nullwert. Auf diese Weise taucht das Paar mit entgegengesetzten Vorzeichen wieder in dieser Nullquelle unter.

Diese dualistische Welt ist durch die auf vielen Ebenen vorhandene Existenz verschiedener Gegensätze charakterisiert. Auch die altchinesische Lehre von der Polarität der beiden Prinzipien „Jang" und „Jin" beschreibt die Dualität dieser Welt, die sich sowohl in der Welt der Elementarteilchen als auch bei allen Phänomenen dieser Welt manifestiert. Die Prinzipien Jin (negativ) und Jang (positiv) werden zum Beispiel folgenden Gegensätzen zugeordnet: hell – dunkel, warm – kühl, trocken – feucht, aber auch Mann – Frau, Verstand – Gefühl, Aktivität – Passivität oder Gut und Böse. Viele geistige Lehren behaupten, dass gerade diese dualistische Form die einzig mögliche Existenzform für die sogenannte manifeste Welt ist. Dr. Paul Breitner charakterisiert das sehr treffend durch einen Vergleich der manifesten Welt mit einer Schwarz-Weiß-Fotografie. Um ein sichtbares Bild entstehen zu lassen, müssen zwangsläufig beide Farben beteiligt sein, sowohl Weiß als auch Schwarz. Die eine hebt die andere hervor und erst beide zusammen bilden eine sichtbare und sinnvolle Darstellung.

Die Dualität der verschiedenen Phänomene in der materiellen Welt hat einen wichtigen Aspekt. Es handelt sich um ein Gleichgewicht der einander entgegenwirkenden Kräfte und Energien. Damit ein Atom überhaupt existieren kann, muss in seiner Struktur ein Gleichgewicht zwischen dem positiven und dem negativen Potenzial herrschen. Ein bestimmtes Maß an Gleichgewicht muss auch in allen anderen Bereichen unserer Existenz erhalten bleiben, andernfalls wäre eine Deformation oder sogar der Zusammenbruch unserer Welt die Folge. Die bereits erwähnte altchinesische Lehre von Jin und Jang, aber auch viele andere spirituelle Richtungen erweitern die Gültigkeit dieses Gleichgewichtsgesetzes auch auf den mentalen Bereich. Sie weisen darauf hin, dass sich alle nur vorstellbaren Phänomene immer auf einem energetischen Hintergrund abspielen. Ohne Wirkung einer bestimmten Energie kann nichts zustande kommen. Diese Annahme ist zwar sicher sehr logisch, wird aber nicht immer in ihrer ganzen Tragweite voll verstanden. Falls wir dieses Gesetz auf das Leben eines Menschen übertragen möchten, können wir sagen, dass jedes Wort und jeder Gedanke den Ausdruck einer bestimmten energetischen Qualität und Intensität darstellt. Aus der Sicht der Notwendigkeit der Erhaltung des Gesamt-Gleichgewichts muss es innerhalb einer bestimmten Zeit zu einem Ausgleich dieser energetischen Impulse kommen, die sich im Wesentlichen nach dem Gesetz von Aktion und Reaktion richten.

Damit kommen wir zum sogenannten Karma-Gesetz, das sich wie ein roter Faden durch die Substanz fast aller esoterischen Lehren zieht. Danach kommt alles, was ein Mensch tut oder sagt, kommen alle seine Gedanken im rechten Augenblick auf ihn zurück. Es handelt sich um das gleiche Prinzip wie in der Physik – jede Aktion ruft eine gleich große, aber entgegengesetzte Reaktion hervor. Daraus folgt, dass das Menschenschicksal keinesfalls von einem höheren Willen vorherbestimmt wird, sondern dass der Mensch, was sein Schicksal angeht, tatsächlich durch die Art seines Handelns seines Glückes Schmied ist.

Wie das Beispiel zeigt, hängt offenbar tatsächlich alles mit allem zusammen. So kommen wir von rein physikalischen Erwägungen über die Existenz des leeren Raumes zu Fragen, die bis den Bereich der moralisch-ethischen Werte reichen. Mit Blick auf die alles auf dieser Welt regelnden universellen Gesetze erscheint dieser Zusammenhang gar nicht unlogisch. Die Wirkung eines bestimmten universellen Prinzips manifestiert sich nur in verschiedenen Bereichen auf verschiedene Art und Weise.

Kosmische Dimension des Lebens

Überlegungen über den Charakter und die Substanz der Materie, der Zeit und des Raumes bringen uns zwangsläufig auch zum Nachdenken über die Beschaffenheit des uns umgebenden Universums, dessen natürlicher Teil auch wir sind. Auch wenn die meisten Menschen ihre Stellung im Universum für nicht besonders außergewöhnlich halten, zeigt es sich, dass aufgrund der Struktur dieser Welt unsere Stellung zumindest interessant erscheint. Interessant in dem Sinne, dass sich der Mensch in gewissem Sinne an der Nahtstelle von zwei Strukturen befindet. Bei der Erforschung des eigenen Körpers öffnet sich uns der Mikrokosmos in seiner atemberaubenden Kompliziertheit. Dieser Mikrokosmos in unserem Körper ist auf der Ebene der Zellen, Moleküle, Atome oder der Elementarteilchen, was die Anzahl der Elemente, die Vielfalt der Dimensionen und auch der merkwürdigen Gesetzmäßigkeiten betrifft, durchaus mit der Struktur des uns umgebenden Makrokosmos vergleichbar.

In einem alchimistischen Buch lesen wir eine Äußerung, die stark an die oben beschriebene Tatsache erinnert. – „Adam, ich habe dich in die Mitte der Welt gesetzt, dass du besser überblicken kannst, was die Welt beinhaltet." Vorausgesetzt, wir verstehen diesen Satz nicht im geometrischen Sinne des Wortes, was selbstverständlich keine logische Schlussfolgerung zuließe, können wir in dieser Aussage eine Bestätigung für die Ausnahmestellung des Menschen in der materiellen Welt erblicken.

Wir leben aber leider zu stark unter dem Einfluss unserer alltäglichen Vorstellungen, Wünsche und Sorgen, als dass wir uns der im Wortsinn wunderbaren Struktur sowohl des Mikro- als auch des Makrokosmos bewusst würden, obwohl wir gewissermaßen im Schnittpunkt beider leben. In beiden Richtungen gibt es viele erstaunliche Phänomene und Gesetzmäßigkeiten, die im Menschen das Verlangen wecken könnten, seine eigene Existenz zu verstehen. Als Beispiel können wir die scheinbar banale Frage der Dimensionen und Entfernungen anführen. Um uns in der Welt zu orientieren, benutzen wir ständig verschiedene Maßstäbe und Einheiten. In den meisten Fällen kommen wir im Alltag mit Millimeter, Meter und Kilometer aus. In diesen Dimensionen kann auch unsere Vorstellungskraft arbeiten und für die Entstehung der entsprechenden Gefühle sorgen. Sobald wir aber in die Struktur des Mikro- oder Makrokosmos eindringen möchten, kommen wir weder mit gängigen Maßstäben noch mit unseren gewohnten Vorstellungen aus. Zahlen über die in diesen Bereichen herrschenden Verhältnisse können uns aber keine entsprechenden Gefühle vermitteln, denn ein Billionstel Meter entzieht sich unserer Vorstellung genauso wie Trillionen von Kilometern. Um wenigstens eine annähernde Vorstellung zu bekommen, können wir verschiedene Vergleiche anstellen, den Maßstab vergrößern oder verkleinern, um uns auf diese Art und Weise die Dimensionen der Mikro- oder Makrostruktur anschaulicher zu machen. Wenn die heutige Wissenschaft die Welt der Atome mit ihren Kernen erforscht, bewegt sie sich im Bereich von Meter hoch minus zehn oder mehr. Zur besseren Anschaulichkeit wählen wir folgendes Beispiel: Wenn wir ein Atom auf die Größe eines Mohnkornes vergrößern, müsste man, um die Proportionalität beizubehalten, den Menschen auf die Größe unseres Planeten wachsen lassen. Vergrößern wir aber den Atomkern auf die Größe eines Mohnkornes, dann müsste der menschliche Körper der Entfernung Erde–Sonne entsprechen, also circa 150 000 000 Kilometer. Wenn wir dieses Prinzip auch für den Bereich des Makrokosmos anwenden, können wir uns eine Vorstellung davon machen, welche Ausmaße nach gegenwärtigen wissenschaftlichen Erkenntnissen das uns umgebende Universum hat. Sterne und Planeten, die sich nach den kosmischen Gesetzen durch den Raum bewegen, stellen im Grunde genommen sehr dünn verteilte Körper dar. Neben dem Sonnensystem, zu dem auch wir gehören, gibt es eine riesige Anzahl Sterne. Es ist interessant, dass sich bereits bei Thales die Ansicht findet, die Milchstraße, also unsere Galaxie, setze sich aus

Sternen, die eigentlich viele Sonnen darstellen, und aus Planeten in einem unübersehbar großen Raum zusammen. Unser planetares System hat nur einen Zentralstern – die Sonne. Man schätzt aber, dass unsere Galaxie circa 200 Milliarden Sterne beinhaltet. Es handelt sich um eine nur schwer vorstellbare Anzahl, vor allem, wenn man bedenkt, dass sich am Nachthimmel mit bloßem Auge nur einige Tausend Sterne beobachten lassen. Zudem ist unsere Milchstraße nur eine von vielen Milliarden anderer Sterneninseln, die in den nahen oder weit entfernten Gebieten des Universums kreisen. Auch wenn wir uns jetzt nicht mit allen möglichen im Universum von Astronomen beobachteten Körpern beschäftigen wollen, dürfte es nicht uninteressant sein, wenigstens kurz die sogenannten Quasare zu erwähnen. Man kann sie in riesigen Entfernungen, die streng genommen für uns die Grenze des beobachtbaren Universums darstellen, als kosmische Leuchttürme wahrnehmen. Diese riesigen Sternen ähnelnden Gebilde haben ein mit unserem Planetensystem vergleichbares Volumen und strahlen mehr Energie ab als ganze Galaxien mit Hunderten von Milliarden Sternen. Es gibt viele Theorien, die versuchen, die Existenz und den Ursprung dieser kosmischen Giganten zu erklären. Gegenwärtig neigen die Wissenschaftler zu der Hypothese, dass hinter diesem Phänomen schwarze Löcher stecken, die ununterbrochen Masse aus ihrer Umgebung anziehen. Diese Masse gibt dann bei ihrem unaufhaltbaren Sturz in das schwarze Loch mehr Energie als etwa bei einer thermo-nuklearen Reaktion ab.

Jetzt zurück zu unserer Erde. Wir kennen ihren Durchmesser, der etwa 12 000 Kilometer beträgt. In das Volumen unserer Sonne, die einen mittelgroßen Stern darstellt, würde ungefähr eine Million solcher Planeten passen. Um eine bessere Vorstellung zu bekommen, verkleinern wir jetzt die Dimensionen im Maßstab 1 : 100 000 000 000. In dieser Relation hat die Erde die Größe eines Staubkorns mit einem Durchmesser von circa 0,1 Millimeter. Unsere Sonne ist auf die Größe eines Kügelchens von etwas mehr als 1 Zentimeter Durchmesser geschrumpft. Diese 1 Zentimeter große Sonne befindet sich etwas mehr als einen Meter von der auf die Größe eines Staubkorns verkleinerten Erde entfernt. Pluto, der fernste Planet unseres Sonnensystems, zieht seine Bahn 50 Meter weit von dem einen Zentimeter großen Kügelchen, und die Milchstraße hat dann immer noch einen Durchmesser von 10 Millionen Kilometern. Erst bei einer weiteren Verkleinerung, wenn das ganze Sonnensystem auf die Größe unseres Staubkörnchens schrumpfen würde, bekämen wir den Durchmesser unserer Galaxie in einer für uns besser vorstellbaren Dimension von etwa 10 Kilometern. Unsere Nachbargalaxie Andromeda wäre in diesem Maßstab ungefähr gleich groß und befände sich in einer Entfernung von circa 200 Kilometern.

Auch ganze Galaxien bilden eine Art Anhäufungen, sodass zum Beispiel Galaxien-Gruppen, die einige Galaxien enthalten, in diesem Maßstab einen Durchmesser von etwa tausend Kilometern hätten. Galaxien-Haufen, die bereits über einige Hundert Galaxien verfügen, hätten einen Durchmesser von etwa 3000 Kilometern, und schließlich die größten Galaxien-Haufen, die sich aus bis zu hunderttausend Galaxien zusammensetzen, würden im Durchmesser 30 000 Kilometer messen. Die Grenzen des heute beobachtbaren Universums lägen bei dieser Verkleinerung weiter als eine Million Kilometer entfernt. Um uns das Ganze noch besser vorstellen zu können, wiederholen wir diesen Prozess der Verkleinerung noch einmal, aber diesmal in umgekehrter Richtung. Falls die Grenzen des uns heute bekannten Universums von uns eine Million Kilometer entfernt wären, hätte unsere ganze Galaxie mit ihren Hunderten von Milliarden Sternen einen Durchmesser von etwa 10 Kilometern. Irgendwo innerhalb dieses 10 Kilometer großen Kreises befände sich ein 0,1 Millimeter großes Staubkörnchen – unser Sonnensystem. Blasen wir jetzt dieses Staubkörnchen auf einen Durchmesser von etwa 100 Metern auf. Jetzt könnten wir irgendwo in der Mitte ein weiteres 0,1 Millimeter großes Staubkörnchen finden – das wäre unser Planet Erde. Auf der Oberfläche dieses Staubkörnchens könnten wir mithilfe eines Mikroskops bei 100 000 000-facher Vergrößerung ein winziges Gebilde in der Größe eines Mohnkorns entdecken – und das wäre erst der Mensch. Erst bei eingehenderem Nachdenken über diese Zahlenfolgen und Relationen im Universum können wir uns unserer Stellung im materiellen Kosmos besser bewusst werden. Stellen wir uns zum Beispiel aus dieser kosmischen Perspektive gesehen im Wortsinn mikroskopisch kleine Gestalten vor, die um ein genauso winziges Stückchen der Oberfläche eines Staubkörnchens, das unsere Erde darstellt, gegeneinander kämpfen oder sich deswegen sogar gegenseitig umbringen. Spätestens in diesem Moment sollte sich der Mensch wirklich darüber Gedanken machen, an welcher unbeschreiblichen kosmischen Szenerie er teilnehmen darf und wie wenig er vom Sinn und der Substanz des eigenen Lebens weiß. Wie unverhältnismäßig viel Zeit und Energie er Banalitäten und Kleinigkeiten des täglichen Lebens widmet. Dieses Bewusstsein über unsere Stellung im kosmischen Maßstab weckt ganz natürlich und automatisch ein Gefühl der Demut. Demut, die uns von falschem Hochmut, Überheblichkeit und Hochnäsigkeit befreien sollte. Dieser Tatsache ungeachtet finden sich auch Wissenschaftler, die an dieser Stelle argumentieren werden, allzu große Bescheidenheit sei fehl am Platz, weil wir trotz der Winzigkeit unserer physischen Hülle mit der Fähigkeit ausgestattet sind, all diese Tatsachen zu erforschen. Eine derartige Auffassung ist zumindest diskutabel. In unserer Lage sollten wir weniger von unseren persönlichen Fähigkeiten und umso mehr von einem Geschenk sprechen. Von einem Geschenk des Sehens, des Fühlens und des Denkens, das uns eines Tages doch auf das Niveau eines bewussten Teilnehmers oder sogar Mitschöpfers auf dieser gigantischen kosmischen Bühne bringen kann, auf der sich die größte Aufführung abspielt – nämlich unser Leben. Dieses Gefühl der Demut sollte auf keinen Fall als Herabsetzung oder Erniedrigung des menschlichen Wesens verstanden werden. Die Demut sollte dem Menschen eher zu einer Größe verhelfen, die ihm erst ermöglicht, den eigenen Schatten der persönlichen kleinlichen Ambitionen zu überspringen. Sie erleichtert ihm auch seine Integration in einen natürlichen und bewussten Strom des Lebens. An dieser Stelle möchten wir als Beispiel das Verhalten Albert Einsteins erwähnen, der ungeachtet seines Ruhmes und der großen Bewunderung, die ihm die ganze Welt entgegenbrachte, ein sehr bescheidener und demütiger Mensch im oben gemeinten Sinne des Wortes geblieben ist. Im Grunde genommen konnte er nicht anders. Ihm wurde klar, dass seine Erkenntnisse, die die ganze Physik revolutioniert haben, nur ein kleines Stückchen in dem Mosaik des großen Wirklichkeitsbildes darstellen.

Um unsere Vorstellung über die Struktur des Universums noch ein bisschen zu vervollständigen, ergänzen wir sie um einige astrophysikalische Erkenntnisse der vergangenen Jahre. Man hat entdeckt, dass es im Bereich der riesigen kosmischen Entfernungen merkwürdige Strukturen gibt, die an ein Zellgewebe erinnern. Es hat sich herausgestellt, dass die Galaxien nicht gleichmäßig im Raum verteilt sind, sondern eine Art Zellfasern bilden, die eine Größe von mehreren Hundert Millionen Lichtjahren haben. Im großen Maßstab erscheint das Universum mehr oder weniger homogen, was für einen Umkreis von etwa 10 Milliarden Lichtjahren bestätigt werden konnte. Dieser mit modernster Technik entdeckte zellenartige Aufbau unseres Universums kann uns an sehr alte Erwähnungen erinnern, dass das Universum einem höheren lebenden Organismus entspricht, mit ähnlichen Merkmalen, welche sich aber auf ganz anderen Ebenen der Existenz manifestieren. Auch der alte allgemein bekannte Satz „Wie oben, so auch unten" könnte in diesem Sinne auf mögliche bisher verborgene Formen einer universellen Existenz hindeuten.

Eine der elementarsten Fragen, die uns beim Nachdenken über die Existenz unseres Universums einfallen, ist die nach dem Entstehen, der Dauer und natürlich auch nach seinem eventuellen Ende. In Kreisen der Wissenschaft wird die sogenannte Urknall- oder auch Big-Bang-Theorie favorisiert. Sie besagt, dass das ganze Universum aus einem winzigen Punkt hervorgegangen ist, in dem in unvorstellbar hoher Konzentration die gesamte Energie und somit auch Masse des gegenwärtigen Universums enthalten war. Die Bezeichnung Urknall oder auch Big Bang wurde gewählt, weil wir die Expansion dieses supergigantischen Zentrums mit enormer Geschwindigkeit nach unseren Maßstäben am ehesten mit einer unvorstellbar großen Explosion vergleichen würden.

Aus der anfänglich einheitlichen Energie bildeten sich im Laufe der Zeit alle uns bekannten Energieformen, inklusive aller Materie, angefangen von den Elementarteilchen bis hin zu den Riesengalaxien. Das Universum expandiert auch heute noch mit großer Geschwindigkeit. Nirgendwo lässt sich aber die Mitte dieser Expansion finden. Alle Punkte entfernen sich voneinander, ähnlich wie Punkte auf der Oberfläche eines Luftballons, wenn man ihn aufbläst. Wenn die Oberfläche dieses Luftballons einen zweidimensionalen Raum darstellt, liegt der Ausgangspunkt dieser Ausdehnung außerhalb dieser Fläche in der Mitte des Luftballons, also im dreidimensionalen Raum. Man nimmt an, dass es mit der Expansion unseres Universums ähnlich ist und eigentlich auch mit dem ganzen dreidimensionalen Raum. Auch im dreidimensionalen Raum lässt sich für die immer noch andauernde Expansion kein Ausgangspunkt finden. Aus dieser Überlegung über die Raumausdehnung leitet sich die Vorstellung ab, dass es im Moment der Anfangssingularität oder anders gesagt des punktförmigen Universums keinen leeren Raum, so wie wir ihn uns gewöhnlich vorstellen, gegeben hat.

Einsteins Gleichungen haben eine Lösung, wonach das Universum geschlossen ist und somit einen endlich großen Raum darstellt, dabei aber unbegrenzt ist. Ähnlich wie die zweidimensionale Oberfläche unserer Erdkugel, die eine endliche Fläche darstellt, jedoch ohne dass wir Abgrenzungen finden können. Aufgrund der im Universum vorhandenen Massekonzentration ergibt sich als eine der möglichen Varianten für die Zukunft, dass die Expansion nicht ewig dauern wird. Es wird angenommen, dass vom Urknall bis heute etwa 15 Milliarden Jahre verstrichen sind und dass die Expansion des Universums in weit entfernter Zukunft aufhören könnte. Dann würde ein gegenläufiger Prozess beginnen, der wieder in einem einzigen Punkt endet. Dieser ganze kosmische Zyklus könnte ungefähr 80 Milliarden Jahre dauern. Da sich diese Zeitangaben in Milliarden Jahren unserer Vorstellungskraft gänzlich entziehen, können wir uns an dieser Stelle an einen alten Vergleich erinnern, der uns auch ohne diese großen Zahlen die schon damals vorausgesetzte nahezu unendliche Lebensdauer des Universums veranschaulichen kann. Wir sollten uns eine Bronzekugel in der Größe unserer Erde vorstellen. Dieser Kugel nähert sich alle hundert Jahre eine Schwalbe und berührt sie mit ihrem Flügel. Dadurch verliert die riesige Kugel eine winzige Menge Masse. Wenn sie auf diesem Wege ganz verschwindet, wird auch unser Universum aufhören zu existieren.

Es ist sehr interessant, wie gut wir dank diesem Vergleich plötzlich die riesige Zeitdimension spüren, während auch Zahlen mit vielen Nullen nur eine mathematische Notation darstellen. Wenn wir die Möglichkeit der Existenz eines pulsierenden Universums erwägen, können wir uns an eine altindische Formulierung erinnern, die sich mit dem Problem des Universums beschäftigt. Brahmas Atem, der das Einatmen, Halten des Atems, Ausatmen und erneute Anhalten nach der Ausatmung beinhaltet, symbolisiert hier die oben beschriebene Expansion und darauffolgende Implosion des ganzen Universums. Auf die Entstehung des Weltalls bezieht sich eine weitere altindische Vorstellung, die im Wesentlichen der modernen wissenschaftlichen Vorstellung über die Geburt unseres Universums aus einem einzigen Energiepunkt entspricht: „Am Anfang schlummerte Gott Visnu in Gestalt eines strahlenden Eis, das Keime aller zukünftigen Welten beinhaltete." Diese symbolische Darstellung steht im Grunde der Sprache der modernen Physik sehr nahe. Jetzt können wir uns auch der Tatsache bewusst werden, dass zum Beispiel verschiedene uralte, durch Symbole und Allegorien ausgedrückte Vorstellungen und Denkmodelle Fakten sehr prägnant charakterisieren können, deren Substanz wir mit unserer modernsten Technik erst sehr mühsam entdecken.

Der heiße kosmische Anfang beinhaltet auch noch einen anderen interessanten Aspekt. Die heutige Physik kennt vier Grundkräfte – die Gravitation, die elektromagnetische Kraft und noch zwei weitere im Inneren der Atome wirkende Kräfte, die als schwache und starke Wechselwirkung bezeichnet werden. Nach und nach zeigt sich aber, dass sich unter bestimmten extremen Bedingungen (zum Beispiel bei hoher Temperatur und hohem Druck) einige Kräfte vereinen und als eine einzige Kraft manifestieren können. Mehrere Hundert Wissenschaftler beschäftigen sich heute mit der sogenannten großen vereinheitlichten Theorie, die eine Möglichkeit der Vereinigung aller vier Grundkräfte darstellt. Die energetischen Möglichkeiten der heutigen Wissenschaft erlauben aber keine Experimente, die in der Praxis die Einheitlichkeit aller physikalischen Kräfte bestätigen könnten. Man nimmt jedoch an, dass im Anfangsstadium des Universums Bedingungen herrschten (unvorstellbar hohe Temperaturen und riesige Massendichte), unter denen alle heute als unterschiedlich klassifizierten Kräfte noch als eine einzige existierten.

Wenn wir diese Theorie mit den Ansichten vieler geistiger Lehren vergleichen, kommen wir zu dem Schluss, dass alle von einer anfänglichen Einheit, einer Urkraft oder einem anders charakterisierten Zustand einer einheitlichen Existenz am Anfang sprechen. Es wird auch der Prozess angegeben, bei dem aus der ursprünglich einheitlichen Kraft eine Drei- oder Vierfältigkeit hervorgeht und durch Wechselwirkung die Vielfalt und das Vielerlei der Welt der Erscheinungen entsteht.

Überlegungen zur Entstehung des Universums bringen manche heutigen Wissenschaftler auf den nächsten interessanten Gedanken. Der „Keim" unseres Universums ist praktisch aus dem Nichts entstanden. Auf dem gleichen Wege könnten auch Vorbedingungen für die Existenz weiterer Universen entstehen, die sich völlig getrennt von unserer Raumzeit entwickelten bzw. noch entwickeln. Es gibt keine physikalischen Mittel, die eine Kommunikation zwischen diesen isolierten Welten ermöglichen. Aus dieser Sicht könnte auch unser unvorstellbar großes Universum nur eine einzige Zelle in dem unbeschreiblichen Gebilde der universellen Wirklichkeit darstellen. Auch auf diese Frage geben einige altindische Texte eine Antwort. Nach ihnen soll es sogar Abermillionen von Universen geben.

Wenn die alten Lehren von der Existenz des Makro- und Mikrokosmos sprechen, machen sie uns aber noch auf einen weiteren Aspekt dieser Problematik aufmerksam. Mit der Bezeichnung Makrokosmos ist das All gemeint. Das Wort Mikrokosmos bezeichnet dagegen das kleine Universum, welches das menschliche Wesen darstellt. Im Mikrokosmos gibt es die gleichen Stoffe, wirken die gleichen Energien und gelten auch die gleichen Prinzipien wie im Makrokosmos. Auf vielen Ebenen kommt es zum Informations- und Energieaustausch, der zu den elementaren Lebensäußerungen gehört.

Um dieses uralte philosophische Erbe in seiner ganzen Tragweite zu begreifen, müssten wir über viel komplexere Kenntnisse sowohl vom Universum als auch vom Wesen des Menschen verfügen, als uns heute zur Verfügung stehen. Bestimmte Erkenntnisse bestätigen aber bereits heute diese Behauptungen. Es handelt sich zum Beispiel um die Anzahl der Grundbauelemente, der Zellen, die den menschlichen Organismus bilden. Es ist eine Zahl mit 13 Nullen, also 10 Billionen. Um uns diese unvorstellbare Zahl wieder ein bisschen anschaulicher zu machen, vergegenwärtigen wir uns, dass man etwa 300 000 Jahre brauchen würde, allein um sie zu zählen. Während dieser ganzen Zeit müsste man Tag und Nacht ohne Pause ununterbrochen 24 Stunden zählen. Jede Zelle stellt einen lebenden Organismus dar, den wir aus chemischer Sicht mit einer komplizierten Chemiefabrik und vom Standpunkt der Informatik durchaus mit einem Computer vergleichen können, der mit der ganzen Reihe der übrigen Zellen in Verbindung steht und mit ihnen kommuniziert. Wenn wir bei der Erforschung des menschlichen Organismus noch tiefer eintauchen, können wir über die Ebene der Moleküle und Atome bis in den Bereich der Elementarteilchen vordringen. Sie bilden die Masse unseres Körpers genauso wie auch alles Materielle in unserer Umgebung. Ihre Anzahl wird auf etwa hundert Quadrillionen (100 000 000 000 000 000 000 000 000) geschätzt. Um sie zu zählen, bräuchte man schon mehrere leistungsfähige Computer. Wenn Menschen sie zählen sollten, müsste sich die gesamte Weltbevölkerung daran beteiligen, und die Aktion würde etwa 1 Milliarde Jahre dauern.

Wenn wir unseren Blick auf den Makrokosmos richten, müssen wir konstatieren, dass sich in ihm, abgesehen von der atemberaubenden Anzahl an Sternen und Galaxien sowie auch anderen Objekten, eine wunderbar vollkommene Intelligenz manifestiert, von der alles gesteuert wird. Die gleiche wunderbare Intelligenz lässt sich aber auch im menschlichen Körper erkennen. Diese Intelligenz steuert alle Vorgänge im menschlichen Körper. Auf der Ebene des sogenannten wachen Bewusstseins könnte der Mensch etwas so Kompliziertes überhaupt nicht steuern, und leider können sich die meisten auch keine Vorstellung von der eigenen inneren Vollkommenheit machen.

Um diese Behauptung über unsere innere Intelligenz zu belegen, bedienen wir uns eines Beispiels, das zwar nur einen von unzähligen auf der Zellebene ablaufenden Vorgängen dokumentiert, aber trotzdem sehr aussagekräftig ist. Es geht um die Entstehung der Eiweißmoleküle, die eine komplizierte räumliche Struktur haben. Moleküle setzen sich aus Ketten zusammen, die Hunderte oder auch Tausende Elemente beinhalten, deren Funktion von der richtigen Lage aller anderen Elemente im Raum abhängt. Aus mathematischer Sicht handelt es sich um die Aufgabe, die Entfernungen der einzelnen Elemente von den anderen genau zu bestimmen. Eine mathematische Variante dieses Problems stellt das bekannte Problem des Handlungsreisenden dar, der nacheinander mehrere Städte besuchen und dabei die vorteilhafteste Route wählen soll. Bei wenigen Städten ist auch die Anzahl der Varianten noch verhältnismäßig niedrig. Falls es aber auf der Strecke zehn Städte gibt, wächst die Anzahl der Varianten bereits auf etwa 1,8 Millionen an. Soll er auf der Strecke 20 Städte besuchen, ergibt das schon mehr als eine Trillion Möglichkeiten (etwa 1 200 000 000 000 000 000). Bei einer Zunahme auf 100 oder gar 1000 Orte wächst die Anzahl der Varianten auf eine völlig unvorstellbare Art und Weise. Es ist sicher jedem klar, dass es bei diesem Beispiel unerheblich ist, ob es sich um die Anzahl zu besuchender Städte auf einer Karte handelt oder ob es um die Eiweißketten bildenden Glieder geht.

Wenn ein neues Eiweißmolekül entsteht, muss diese Aufgabe in unserem Organismus immer aufs Neue gelöst werden. Um aus einer ursprünglich spiralförmigen Struktur in eine neue, das reibungslose Funktionieren des ganzen Systems bedingende Stelle überzugehen, muss diese Position genau „berechnet" werden. Auch wenn ihm keine supermodernen Rechner zur Verfügung stehen, kann der Organismus diese Aufgabe binnen einer Minute lösen, bei kürzeren Ketten sogar in Sekundenbruchteilen. Eine Äußerung solcher Intelligenz können wir getrost als an ein Wunder grenzend bezeichnen. Welche ungeahnten Überraschungen dieser menschliche Mikrokosmos noch in sich birgt, darüber können wir nur spekulieren.

Zum Glück herrscht heutzutage nicht mehr die Ansicht vor, der Mensch sei das Ergebnis vieler blinder Zufälle, die dank einer Reihe unbewusster „Experimente" ein regelrechtes Wunder der Natur geschaffen hätten. Dass der Mensch in der gegenwärtigen Form überhaupt existieren kann, dafür ist ein gewaltiges Zusammenspiel verschiedener Umstände nötig.

Wenn wir die erwähnte Zufälligkeit von vornherein ausschließen, neigt auch die heutige Wissenschaft zu der Auffassung, dass es bereits zu Beginn des Universums verschlüsselte Informationen gegeben haben muss, nach denen die weitere Entwicklung des Kosmos so gesteuert wurde, dass nach Milliarden Jahren mitten im All ein Mensch leben kann. Dieses sogenannte anthropische Element in den gegenwärtigen kosmologischen Denkmodellen kann man als Anzeichen dafür sehen, dass eine grundlegende Veränderung im Verständnis der Stellung des Menschen im Universum bevorsteht. Die Erwähnung eines Plans oder gar der Existenz einer an der Entwicklung des Universums beteiligten Intelligenz ist enorm wichtig vor allem für Regionen, in denen die materialistische Wissenschaft lange Jahrzehnte den Menschen auf das Niveau einer chemischen Verbindung degradiert hat.

In diesem Zusammenhang öffnet sich natürlich ein Freiraum für eine der grundlegendsten Fragen, nämlich ob das Universum erschaffen worden ist oder das Ergebnis einer bestimmten Entwicklung darstellt. Einerseits kann man in der Natur und auch im Universum unbestreitbare Entwicklungsmerkmale beobachten, andererseits führt die erstaunliche Weisheit, die sich im Aufbau und der Anordnung des Universums manifestiert, fast automatisch zum Bild einer hinter der Welt der Erscheinungen stehenden Intelligenz.

Beim Beobachten eines Baumes können wir konstatieren, dass er verschiedene Entwicklungsstadien durchmacht und dass er auch in vieler Hinsicht von äußeren Einflüssen geprägt wird – der Temperatur, der Feuchtigkeit, dem Wind, dem Standort usw. Am Anfang seines Wachstums gab es aber einen kleinen Samen, der bereits alle benötigten Informationen über den zukünftigen, möglicherweise riesengroßen Baum enthielt. In diesem Beispiel lassen sich beide Hypothesen verbinden – die Schöpfung und die Entwicklung. Wir wissen aus eigener Erfahrung, dass hinter allem, was man unternimmt, am Anfang eine Idee steckt. Weiter werden Fähigkeiten und Möglichkeiten für die Realisierung benötigt und schließlich Mittel und Material, um den zunächst immateriellen Gedanken auch physisch erscheinen zu lassen. Es wäre sicher gelinde gesagt unlogisch, anzunehmen, dass die Natur und überhaupt das ganze Universum, unvergleichbar komplizierter als jedes menschliche Schaffen, durch einen Zufall hätten entstehen können. Auch die Tatsache, dass der Mensch verschiedene Gesetzmäßigkeiten entdeckt, zum Beispiel Naturgesetze, bedeutet keineswegs, dass es hier für das Walten einer schöpferischen Intelligenz keinen Platz mehr gibt. Gerade diese Meinung überwiegt oft im wissenschaftlichen Denken. Mit der Entdeckung bestimmter Gesetze und der daraus resultierenden Erkenntnis, wie in dieser Hinsicht der Lauf der Welt gesteuert wird, wird meistens auch unsere Wissbegier gestillt und wir denken nicht mehr darüber nach, wo der Ursprung dieser Gesetze liegt. Dadurch bleibt auch meist unbekannt, weshalb diese Gesetze entstanden sind, denn in den allermeisten Fällen zielen wissenschaftliche Überlegungen nicht in diese Richtung.

Bedienen wir uns an dieser Stelle folgender Analogie: Stellen wir uns vor, dass wir von einer bestimmten Stelle aus den Eisenbahnverkehr in einem Gebiet, zum Beispiel eines Staates, beobachten können. Nach einer gewissen Zeit finden wir heraus, dass die am Anfang chaotisch oder zufällig erscheinenden Zugbewegungen doch eine Ordnung haben und bestimmten Regeln folgen. Bei genauerer Beobachtung können wir bestimmte in diesem Zugverkehr geltende Gesetzmäßigkeiten auch zum Beispiel mathematisch formulieren. An diesem Punkt unserer Forschungsarbeit können wir aufhören, weitere Fragen zu stellen, denn wir kennen bereits die Gesetzmäßigkeiten des beobachteten Zugverkehrs, und uns ist auch die innere Ordnung dieses ganzen Systems bekannt. Unsere Zufriedenheit über die Lösung dieser Aufgabe erweist sich aber als verfrüht. Das von uns ausgearbeitete mathematische Modell ermöglicht uns zwar, bestimmte Phänomene in diesem Netz vorauszusagen, verrät uns aber nichts darüber, wer dieses ganze System mit seiner inneren Ordnung geschaffen hat und warum.

Wissenschaftliche Hypothesen und Theorien haben oft ein ziemlich kurzes Leben. Sie müssen neuen Entdeckungen und daraus folgenden neuen Schlussfolgerungen Platz machen. Die Urknalltheorie erweist sich in dieser Hinsicht aber als verhältnismäßig stabil, obwohl es im Laufe der Zeit auch zu bestimmten Veränderungen und Modifikationen kam. Lassen wir die Frage der „Haltbarkeit" gegenwärtiger kosmologischer Theorien und Hypothesen beiseite und widmen wir uns einem sehr wichtigen Aspekt dieser heutigen Theorien. Gemeint ist die Tatsache, dass in den wissenschaftlichen Theorien Begriffe auftauchen, die mit der spirituellen Betrachtungsweise der Existenz des Universums durchaus kompatibel sind. Es geht zum Beispiel um die offensichtliche Relativität unserer Sinneseindrücke, die Äquivalenz von Masse und Energie, das Wirken einer universellen Energie bei der Entstehung des Kosmos, die Möglichkeit der Existenz eines vierdimensionalen Raumes oder Fragen, die eng mit sich an der Grenze der Zeit bewegenden Erwägungen verbunden sind. Hier eröffnet sich ein Freiraum für die Synthese der wissenschaftlichen und der spirituellen Betrachtungsweise. Darauf beziehen sich sehr interessante Überlegungen zum eigentlichen Beginn des Universums, der nach der Urknalltheorie gleichzeitig auch den Anfang von Raum und Zeit markiert. Einige Wissenschaftler sind zu fantastischen Schlussfolgerungen gekommen, nach denen es zum Beispiel die Möglichkeit eines bis zu zehndimensionalen Raumes gab, wovon sechs Dimensionen zusammengebrochen sind, sodass nur unser um die Zeitdimension ergänzter dreidimensionaler Raum übrig blieb. Der Spielraum für wissenschaftliche Theorien ist aber exakt und ziemlich präzise auf den Augenblick des eigentlichen Urknalls eingegrenzt. In diesem Zusammenhang bieten sich natürlich Fragen an, die sich mit dem Zustand direkt davor beschäftigen oder die nach der Antwort suchen, was außerhalb dieses gerade entstehenden Universums existiert hat. Es ist schon schwierig genug, solche Fragen zu formulieren, denn vor dem Urknall gab es weder Zeit noch Raum. Da taucht in der Wissenschaft ein Begriff auf – verbotene Fragen, d.h. Fragen, die keinen astrophysikalischen Sinn ergeben. Trotz dieser gewissermaßen salomonischen Formulierung seitens der Wissenschaft werden sich sicher Forscher finden, die sich, wenn auch nur privat, mit dieser offiziell „unsinnigen" Problematik beschäftigen. Zu den elementaren Eigenschaften des menschlichen Geistes gehören sicher die angeborene Wissbegier und das Streben, die Geheimnisse der uns umgebenden Welt inklusive ihrer Gesetzmäßigkeiten aufzudecken. Wir müssen allerdings zugeben, dass in diesem Falle alle gewöhnlich verwendeten und vom Verstand gesteuerten Mittel ihren Wert verlieren und dass wir uns auf einem Gebiet befinden, wo Behauptungen der gesamten Wissenschaft nicht mehr Gewicht haben als der Glaube eines einzigen einfachen Menschen.

Mit der Frage nach Entstehung und Existenz des Universums ist auch jene nach möglichen Anzeichen von Leben, vor allem intelligentem Leben, in nahen oder fernen Regionen des Universums eng verbunden. Die unendliche Reihe diesbezüglicher Ansichten und Vorstellungen lässt sich in zwei Grundkategorien aufteilen. Zur ersten gehört die Auffassung, dass das Leben und seine Intelligenzformen eine natürliche Ausprägung in der Entwicklung des Universums sei. Die zweite bezieht sich auf die Vorstellung von der Einzigartigkeit des irdischen Lebens und der sich in uns Menschen manifestierenden Intelligenz.

Bereits ein flüchtiger Blick auf die uns umgebende Natur überzeugt uns, dass das Leben auf unserem Planeten mehr als vielfältig ist und auch an Stellen gedeiht, an denen man die Voraussetzungen dafür nicht erwartet hätte. Wenn wir die Winzigkeit der Erde im Vergleich zu unserer Milchstraße oder gar zum ganzen Universum bedenken, wäre es höchst merkwürdig, wenn nur dieses vernachlässigbare Staubkorn, das die Erde in diesem Maßstab darstellt, mit solchen vielgestaltigen Lebensformen ausgestattet worden wäre und für das ganze übrige Universum nur „tote" Materie übrig geblieben wäre. Die Verfechter der Theorie der Einzigartigkeit des irdischen Lebens argumentieren meist mit der Einmaligkeit der irdischen Bedingungen, die ihnen kurzsichtig als die einzig möglichen für die Entstehung des Lebens erscheinen. Was intelligente Lebensformen angeht, sollten wir, bevor wir uns zu Leben ermöglichenden Kriterien anderswo im Universum äußern, zunächst bedenken, wie wenig wir eigentlich über die Beschaffenheit und das Wesen unserer eigenen Intelligenz wissen. Wenn wir davon überzeugt sind, dass im grenzenlosen Universum unsere sicher unvollkommene Zivilisation die einzige intelligente Lebensform darstellt, beziehen wir eine selbstgefällige und arrogante Position, die uns bei der Suche nach dem Sinn unserer eigenen Existenz kaum helfen wird. Im Universum könnten Wesen existieren, die in ihrer Entwicklung der heutigen Menschheit Jahrtausende oder sogar Millionen Jahre voraus sind. Sie könnten über technische Mittel verfügen, aber vor allem mit Fähigkeiten ausgestattet sein, die für uns absolut unvorstellbar sind. Ob diesen Wesen der heutige Mensch so erscheinen würde wie uns ein Affe oder ein Hase, lässt sich nur schwer abschätzen. Aus diesem Blickwinkel betrachtet, ist es aber genauso schwierig zu beurteilen, wie solche Wesen sich verhalten oder auf unsere Existenz überhaupt reagieren würden.

Die zunehmende Anzahl von Berichten über Ufos in den vergangenen Jahren belebt auch die Diskussion über die mögliche Existenz außerirdischer Zivilisationen und einen eventuellen Kontakt mit ihnen. Einige Wissenschaftler lehnen die Möglichkeit eines Besuches von Außerirdischen kategorisch ab. Ihre Argumentation stützt sich im Wesentlichen auf die Tatsache, dass die Reise aus unserem Sonnensystem zum nächsten Stern mit unseren derzeitigen technischen Möglichkeiten etwa 40 000 Jahre dauern würde. Bei noch weiter entfernten Objekten innerhalb unserer Galaxie müsste man mit Hunderttausenden oder sogar mit Millionen Jahren rechnen. Ein Besuch in der Nachbargalaxie würde sogar eine mehrere Milliarden Jahre dauernde Reise darstellen, und dabei bewegten wir uns noch immer nur in unserer nahen Umgebung. Dieses Argument wirkt auf den ersten Blick zwar sehr überzeugend, greift aber eigentlich zu kurz, denn als Bezug dienen unsere begrenzten technischen Möglichkeiten. Falls wir bereit sind, die Möglichkeit der Existenz höher entwickelter Wesen im Universum zuzugeben, die uns in ihrer Entwicklung zum Beispiel um Millionen Jahre voraus sind, müssen wir zwangsläufig damit rechnen, dass sie bereits Kenntnisse über Raum und Zeit haben, die ihnen uns gegenüber ungeahnte Möglichkeiten eröffnen. Wenn wir über höher entwickelte Wesen sprechen, sollte uns nicht der häufig gemachte Fehler unterlaufen, der auf unserer Vorstellung von einem erstaunlichen technischen Fortschritt dieser Zivilisationen beruht. Dieser ist sicher auch vorauszusetzen, aber andererseits stellt die Erweiterung seines Bewusstseins das Wertvollste dar, was der Mensch durch seine Entwicklung erwirbt. Welche Auswirkungen und Möglichkeiten sich in dieser Hinsicht für die höher entwickelten Bewohner des Universums ergeben, kann sich ein Mensch auf unserem heutigen Evolutionsstand sicher kaum vorstellen. Er würde sie wahrscheinlich in die Kategorie der Wunder oder zumindest unerklärlicher Phänomene einordnen. Das gilt umso mehr, als die Intelligenz höher entwickelter Wesen nicht unbedingt fest an eine bestimmte Form der Materie gebunden sein muss, die wir Körper nennen, sondern sich auch in Verbindung mit viel feineren energetischen Strukturen manifestieren könnte. An dieser Stelle erinnern wir uns an die Lehre der Rosenkreuzer, die behaupten, dass der Mensch ab einer gewissen Entwicklungsstufe zu einem bewusst handelnden Wesen werden kann, das sich im kosmischen Maßstab zu einem schöpferisch wirkenden und mitgestaltenden Glied erheben wird. Damit war sicher nicht die „Eroberung des Kosmos" gemeint, von der in den vergangenen Jahren viel zu hören war, die aber eigentlich nur Bewegungen im erdnahen Raum umfasst, welche mit einer Reihe nicht immer verantwortungsvoller Experimente verbunden waren. Eine sinnvolle kosmische Tätigkeit setzt eine gewisse innere Reife und ein entwickeltes geistiges Potenzial voraus.

Wir kommen jetzt noch auf die Problematik im Zusammenhang mit diesen UFO-Erscheinungen zurück. Es ist nicht unsere Absicht, die technischen Aspekte oder konkreten Beschreibungen der Vorfälle zu bewerten. Genauso wenig möchten wir auf die Glaubwürdigkeit oder Objektivität der einzelnen Beobachtungen und Berichte über Kontakte mit Außerirdischen eingehen. Es gibt nämlich einen gemeinsamen Aspekt, der für viele beschriebene Kontakte charakteristisch ist. Dieser Aspekt ist für die heutige Menschheit insoweit von Bedeutung, als es im Grunde genommen nicht mehr seinen Ursprung als wichtig erscheinen lässt, sondern eher die dringende Notwendigkeit zeigt, ihn gerade jetzt auf dieser Entwicklungsstufe der Menschheit zu realisieren. Es ist interessant, in welchem Maße dieser Moment mit dem Erbe der alten geistigen Lehren übereinstimmt. Es handelt sich um eine eindringliche Ermahnung, ja Warnung an die heutige Menschheit, ihre Lebensweise grundsätzlich zu ändern. Es ist unbedingt erforderlich, allen Handlungen zu entsagen, die von Egoismus, Hass und Gewalt geprägt sind. Wir müssen sofort mit der Plünderung und Zerstörung der Natur aufhören. Weiter ist es dringend geboten, auf die Anhäufung von Waffenarsenalen, vor allem aber auf die Massenvernichtungswaffen, zu verzichten. Es wird auf die enorme Gefahr hingewiesen, die von den Nuklearversuchen ausgeht. Sie können nämlich nicht nur große ökologische Schäden im gewöhnlichen Sinne des Wortes anrichten, sondern auch negative Auswirkungen haben, die wir nicht einmal registrieren können und die trotzdem das Gleichgewicht unseres ganzen Planeten aus kosmischer Sicht bedrohen könnten.

Hinsichtlich der Möglichkeit einer Kommunikation zwischen intelligenten Lebensformen im Universum erweist sich die Entwicklungsstufe der jeweiligen Zivilisation, besonders aber der moralisch-ethische Bereich als Schlüsselfaktor. So schwierig es ist, die Verse eines Dichters über Freundschaft und Liebe unter Kannibalen zu verbreiten, so problematisch scheint auch ein Kontakt hoch entwickelter, edler Wesen mit Menschen zu sein, denen es noch nicht gelungen ist, ihre eigenen destruktiven Tendenzen zu überwinden.

Kosmische Objekte, die mit Hilfe des auf der Erdumlaufbahn stationierten Hubbleteleskops aufgenommen wurden.

I.

I. Polarlicht über Saturn – 28 Januar 2004.

II. Planetare Nebel NGC 2346, ungefähr 2000 Lichtjahre von der Erde entfernt.

III.

III. Das Lichtecho vom roten Riesen Monocerotis V838. Es handelt sich um einen der interessantesten Sterne, der innerhalb nur eines Tages sein Volumen 10 000 mal vergrößert hat.

IV. Einer der dynamischsten uns bekannten Bereiche, in dem neue Sterne entstehen. Er ist ein Teil des kleinen Magellanschen Nebels, der als eine kleine Galaxie unsere Milchstraße in einer Entfernung von 210 000 Lichtjahren begleitet.

V. Glühende blaue Sterne in der Mitte der kugelförmigen Sternenansammlung M15.

VI. Kugelförmige Sternenansammlung M80 bildet einen Teil unserer Milchstraße. Solche Sternenansammlungen setzen sich aus Hunderttausenden bis Millionen sehr alter Sterne zusammen (zehn Milliarden Jahre).

VII. Ein Ring aus blauen Sternen, die den Kern der Galaxie AM 0644-741 umgeben. Dieses Gebilde ist wahrscheinlich nach der Überblendung von zwei Galaxien entstanden. Die Entfernung von der Erde beträgt 300 Millionen Lichtjahre.

VIII. Spiralgalaxie (s příčkou) NGC 1300

IX.

IX. Galaxie M 104 – Sombrero mit einem ungewöhnlich großen Kern und dunklem staubigem Ring. Die Galaxie umkreisen zirka 2000 kugelförmige Sternenansammlungen.

X. Die Überblendung der Spiralgalaxien NGC 2207 und IC 2163. Es kommt dabei kaum zu Kollisionen.

XI. Die Spiralgalaxie NGC 4319 und der Quasar Markarian 205. Quasare stellen die weit entferntesten uns bekannten Objekte im Universum mit einer gigantischen Leuchtkraft dar.

XII. NGC 4676 ein durch die Gravitation aneinander gebundenes Galaxienpaar, das zu einer Verschmelzung prädestiniert ist.

XIII.

XIII. Diese gigantische Kollision der Galaxiengruppen 1E 0657-556 ist die intensivste uns bekannte energetische Erscheinung im Kosmos seit dem Urknall. Diese zusammengestellte Aufnahme belegt gleichzeitig auch die Existenz der lange gesuchten „schwarzen Materie".

XIV.

XIV. Ein Blick in die entferntesten Tiefen des Universums enthüllt die vielfältige Welt der Galaxien, deren Licht für den Weg zu unserer Erde Milliarden von Jahren gebraucht hat.

XV. Die Gravitationslinse der Galaxie Abell 1689 vergrößert das Licht von den weit entfernten Galaxien. Dieser Effekt beweist die Richtigkeit der Relativitätstheorie A. Einsteins. Dieser Galaxienhaufen setzt sich aus Billionen von Sternen zusammen.

XVI.

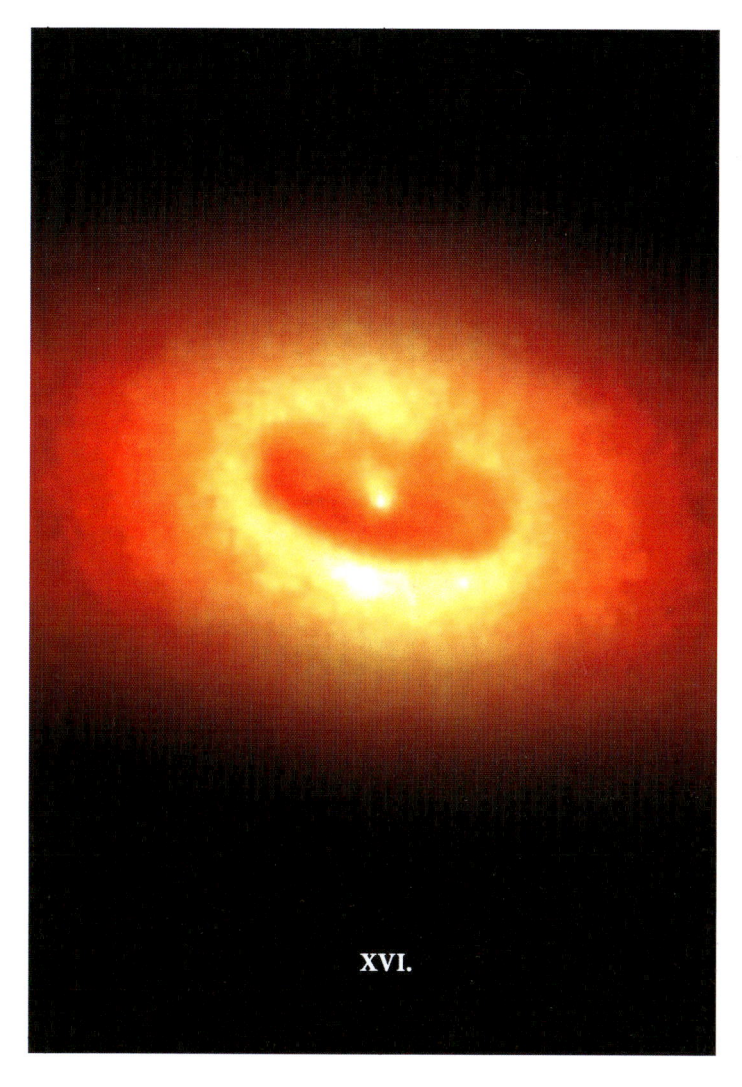

XVI. Eine gigantische Scheibe aus Gas und Staub dient als „Nahrungsquelle" für ein schwarzes Loch im Zentrum der NGC 4261. Ihr Durchmesser beträgt zirka 300 Lichtjahre.

Die Grenzen der menschlichen Erkenntnis

Die vorherigen Kapitel zusammenfassend können wir konstatieren, dass das bisherige gewöhnliche Verständnis der Welt aufgrund der Erkenntnisse der vergangenen Jahrzehnte in eine Krise gerät. Einige Wahrheiten, die lange Zeit gegolten haben, taugen nichts mehr. Es gibt viele ernst zu nehmende Hinweise, wonach das Zusammentragen und Verarbeiten unserer Sinneswahrnehmungen allein zum Begreifen der Substanz des Seins absolut ungenügend sind. Unser Verstand stößt bei der Erforschung der Welt auf Barrieren, die er nicht imstande ist zu überwinden. Aus physikalischer Sicht stellen zum Beispiel die Lichtgeschwindigkeit, der dreidimensionale Raum oder der sogenannte Gravitationsradius solche Grenzen dar. Letzterer grenzt die geheimnisvolle Sphäre in der direkten Umgebung von schwarzen Löchern ab. Eine weitere Einschränkung, die effektive und exakte physikalische Forschungen stark beeinflusst, ist das Prinzip der Unbestimmtheit. Die Genauigkeit einer Beobachtung physikalischer Prozesse wurde lange für ein rein technisches Problem gehalten. Es herrschte die allgemein verbreitete Überzeugung, dass jedes Phänomen im Grunde prinzipiell mit beliebiger Genauigkeit beobachtet werden kann, vorausgesetzt, es stehen entsprechende technische Mittel zur Verfügung. Die Entdeckung der Quantentheorie, die man heute als die Basis der modernen Atomphysik betrachtet, brachte das langsame, aber sichere Ende dieser Überzeugung. Im Gegensatz zur klassischen Physik, die mit genau definierten Begriffen arbeitet, wie der Bahn oder der Geschwindigkeit eines Körpers, tauchen plötzlich Zahlen auf, die nur eine wahrscheinliche Position eines bestimmten Teilchens an einem bestimmten Ort angeben. Eindeutig definierte Größen lösen sich in unklare, verschwommene Konturen auf. Statt einer die Bahn eines Körpers genau definierenden Kurve taucht nur ein verschwommener Streifen auf. Es entsteht ein Konflikt zwischen der

Bestimmung des Ortes und der Geschwindigkeit des beobachteten Objektes. Je genauer die erste Größe bestimmt wird, umso ungenauer lässt sich die andere definieren. Bei der Ortsbestimmung kann zum Beispiel das Ergebnis lauten: Das Teilchen befindet sich mit 70%iger Wahrscheinlichkeit hier und mit 30%iger Wahrscheinlichkeit woanders. Die Quantentheorie enthält also in ihrer Konsequenz auch die paradoxe Möglichkeit, dass ein bestimmtes Objekt hinter einem festen Hindernis erscheint, ohne es im klassischen Sinne des Wortes überwinden zu müssen. Seine neue Position ist nur der Ausdruck einer Wahrscheinlichkeit solcher Veränderung. Fowler hat diese Tatsache bereits vor mehr als einem halben Jahrhundert mit folgenden Worten ausgedrückt: „Jeder verfügt über eine nullfreie Möglichkeit, dieses Zimmer plötzlich zu verlassen, ohne die Tür öffnen zu müssen oder durch das Fenster hinausgeworfen zu werden." Die Wahrscheinlichkeit eines solchen Ereignisses ist aber im Hinblick auf die Masse eines Menschen so gering, dass er darauf unermesslich lange warten müsste. Für die Teilchen des Mikrokosmos mit ihrer geringen Masse gehören solche Situationen aber zum Alltag. Für ein Staubkorn beträgt diese Wahrscheinlichkeit etwa ein Hundertmillionstel Prozent. Für ein Elektron, dessen Masse im Vergleich zu einem Staubkorn etwa tausend Trillionen mal kleiner ist, beträgt sie aber bereits hundert Prozent. Anders gesagt, das Elektron kann sich innerhalb eines Atoms überall befinden.

Ganz berühmt wurde ein als EPR bezeichnetes Gedankenexperiment. Die Abkürzung setzt sich aus den Anfangsbuchstaben der Teilnehmer zusammen, wobei „E" für den Namen Einstein, „P" für Podolski und „R" für Rosen steht. Albert Einstein konnte sich mit der Unbestimmtheit der Quantenwelt nicht abfinden und dieses Experiment sollte bestimmte Annahmen der Quantenphysik widerlegen. Das Ergebnis war aber gerade das Gegenteil und somit wurde das nächste Quantenparadoxon geboren. Das Experiment betraf bestimmte Eigenschaften sich mit Lichtgeschwindigkeit voneinander entfernender Teilchenpaare. Es kam dabei etwas sehr Überraschendes heraus. Die Teilchen tauschten Informationen über den eigenen Zustand aus und passten ihre Parameter aneinander an. Schockierend an der ganzen Geschichte war aber etwas anderes. Die Lichtgeschwindigkeit stellt die höchstmögliche Geschwindigkeit dar. Um das mit Lichtgeschwindigkeit sich entfernende Teilchen zu erreichen, müsste sich die Information jedoch mit einer noch höheren Geschwindigkeit bewegen. Einstein nannte dieses Phänomen „spukhafte Fernwirkung". Die oben beschriebenen Paradoxe sind bei Weitem nicht die einzigen. Es gibt eine ganze Reihe von Momenten, bei denen der „gesunde" Menschenverstand versagt. So viele Paradoxe erinnern uns an den bekannten Spruch „Alles ist anders". Um uns wenigstens eine Teilvorstellung zu machen, wie unsere Sinneswahrnehmungen und daraus abgeleitete Erwägungen sich von den Erkenntnissen aus der Welt der Quantenphysik unterscheiden, führen wir noch weitere Beispiele an.

   Das Basisexperiment der Quantenphysik basiert auf der Abstrahlung eines Elektrons auf ein Hindernis mit zwei Öffnungen, bekannt auch als Doppelspaltexperiment. Man kann zwei verschiedene Erscheinungen beobachten. Einmal verhält sich das Elektron „anständig" wie ein Teilchen und geht durch eine der beiden Öffnungen hindurch. Ein andermal geht es aber durch beide Öffnungen gleichzeitig und nimmt dadurch den Charakter einer Welle an. Das Interessanteste daran ist, dass sich das Elektron immer dann wie ein Teilchen verhält, wenn es dabei beobachtet wird. In dem Moment, wenn keiner „zuschaut", geht es durch beide Öffnungen gleichzeitig hindurch. Dieses Paradox wurde durch den Verlauf des Experimentes noch gesteigert. Zuerst wurde das Elektron ausgestrahlt, und erst dann wurde darüber entschieden, ob der Scanner, der den Durchgang des Elektrons durch das Hindernis registriert, eingeschaltet wird. Das Elektron benahm sich so, als ob es schon vorher wüsste, ob es beobachtet wird oder nicht, und wählte danach die Art seiner Passage. Aufgrund dieser beiden Versuche kam hinsichtlich der Experimentalergebnisse ein neuer Faktor ins Spiel – die Anwesenheit eines Beobachters.

Es gibt eine ganze Reihe Experimente, bei denen die Auswirkung des menschlichen Bewusstseins auf den Verlauf des Versuches eine Schlüsselrolle spielt. Eines davon wird als „Quantentopf" bezeichnet. Es handelt sich um einen magnetischen Behälter, der Teilchen in einem bestimmten Anregungszustand beinhaltet, denen man dann noch zusätzlich Energie zuführt. Die Bezeichnung „Quantentopf" spiegelt die Ähnlichkeit mit einem mit Wasser gefüllten Topf, den man auf die Herdplatte stellt. Den Wasserteilchen im Topf wird auch von außen zusätzlich Energie zugeführt und sie können dadurch ihren Zustand verändern – am Siedepunkt gehen sie vom flüssigen in den gasförmigen Zustand über. Nehmen wir an, dass man etwa fünf Minuten braucht, um das Wasser in diesem mit einem Deckel zugedeckten Topf zum Kochen zu bringen. Diese Situation wird sich aber im Falle dieses Quantentopfes radikal ändern, wenn ein neugieriger Beobachter zum Beispiel jede Minute den Deckel abnimmt, um sich zu überzeugen, ob das Wasser schon kocht. Das Wasser wird den Siedepunkt weder nach fünf Minuten noch nach sechs oder sieben Minuten, ja nicht einmal nach zehn Minuten erreichen. Falls es von jemand beobachtet wird, wird es gar nicht kochen. Auf das Ergebnis dieses physikalischen Experiments wirkt sich auch die Anwesenheit eines Beobachters aus. Man kennt auch Versuche, deren Verlauf nicht nur von der Anwesenheit eines Beobachters beeinflusst wird, sondern die sogar auf die Anwesenheit eines intelligenten Beobachters reagieren.

Die oben beschriebenen Tatsachen werfen nicht nur viele physikalische, sondern auch philosophische Fragen auf. Jahrzehnte rätseln die Wissenschaftler bereits darüber, was die Ergebnisse solcher Experimente wohl bedeuten. Eine Basiserklärung hat die sogenannte Kopenhagener Interpretation geboten, die sich auf einen vorausgesetzten Kollaps der Wahrscheinlichkeitswelle im Kontakt mit dem Bewusstsein des Beobachters stützt. Auf diese Art und Weise versuchte man, die Entstehung einer konkreten physikalischen Realität in einem bestimmten Augenblick zu erklären. Nach dieser Kopenhagener Interpretation hat man nach und nach immer neue Theorien zur Erklärung dieser mysteriösen Erscheinungen aufgestellt und heutzutage gibt es bereits eine ganze Reihe Hypothesen. Die Physiker sind sich allerdings nur in einem Punkt einig und zwar, dass keine der aufgestellten Theorien vollständig richtig ist.

Die fortschreitende Liquidation der klassischen physikalischen Begriffe, die man für völlig selbstverständlich hielt, bringt auf der anderen Seite keine neuen exakten Bezeichnungen und Definitionen, geschweige denn alles erklärende Gesetze. Der Determinismus der klassischen Physik löst sich in dem Sinne auf, dass man kein genaues Bild der zukünftigen Phänomene bestimmen kann, sondern nur eine gewisse Wahrscheinlichkeit.

Wenn wir auf dem Gebiet der Physik weitere limitierende Faktoren oder Grenzen finden wollen, können wir zum Beispiel noch die sogenannte Planck-Zeit (10/–43 s) oder die Planck-Länge (10/–35 m) erwähnen. Auf dem Gebiet der Wissenschaft könnten wir sicher noch viele andere Grenzwerte oder Einschränkungen finden, die für den menschlichen Verstand eine Art natürlicher Barrieren darstellen. Die Frage der Erforschung der Welt ist aber nicht nur durch physikalische Konstanten, Maße und Prinzipien determiniert. Als ein gewisses Problem erweisen sich immer mehr auch einige Aspekte der eigentlichen wissenschaftlichen Forschungsmethode.

Die vergangenen Jahrzehnte werden als eine Ära der Informationsexplosion bezeichnet. Es ist praktisch unvorstellbar, dass jemand, sei es auch auf einem einzigen Fachgebiet, sich ständig auf dem neusten Wissensstand halten kann. In dieser Situation kommt es also zu einer immer engeren Spezialisierung der einzelnen Wissenschaftler, die dann in diesem engeren Spektrum doch besser imstande sind, die Informationsflut zu verarbeiten und sie eventuell auch in ihre Arbeit zu integrieren. Dieser Vorteil wird aber auf der anderen Seite durch die notwendigerweise entstehende Abschottung von den Erkenntnissen auf anderen Gebieten ausgeglichen. Diese enge Spezialisierung wirkt sich wie die sprichwörtlichen Scheuklappen aus, die den Blick in nur eine Richtung ermöglichen. Ein deutscher Wissenschaftler hat das witzig so charakterisiert, dass uns die enge Spezialisierung nur ermöglicht, immer mehr Informationen über immer weniger Themen zu bekommen. Er drückt weiter die Befürchtung aus, dass es einmal zu einer Situation kommen könnte, in der man eigentlich alles über nichts weiß. Um uns ein kleines Wortspiel zu erlauben, könnten wir die Formulierung „alles wissen von nichts" auch sinngemäß umdrehen und sagen: „nichts wissen von allem". Auch diese widersprüchliche Formulierung kann uns als Hinweis dienen, dass eine immer enger werdende Spezialisierung keinen richtigen Weg zum Gesamtverständnis des Lebens oder sogar unserer Welt darstellen kann. Als Illustration zum Thema fachbezogene Informationen mit oder ohne Kontext kann uns folgende Geschichte dienen, die bereits vor Jahren in Afrika angefangen hat. Ein französischer Wissenschaftler, dessen Fachgebiet das Leben der sogenannten primitiven Völker war, verbrachte einige Monate unter den afrikanischen Eingeborenen. Er studierte die Lebensweise, die Arbeit und die Kultur dieses Stammes. Seiner Aufmerksamkeit entgingen auch ihre mysteriösen Rituale nicht. Über seine Erkenntnisse machte er sich fleißig Notizen, die dann nach seiner Rückkehr die Grundlage für seine wissenschaftliche Arbeit bildeten. Seine Arbeit endete mehr oder weniger unbeachtet zwischen anderen Büchern in einer Bibliothek. Nach einer gewissen Zeit weckte gerade dieses Buch zufällig das Interesse eines Astronomen. Obwohl er die Bücher aus einem bestimmt ganz anderen Grunde durchblätterte, als um die Lebensgewohnheiten eines afrikanischen Stammes zu studieren, stieß er auf die Passage, in der diese mysteriösen Stammesrituale detailliert beschrieben wurden. Mit großer Verwunderung stellte er fest, dass die Rituale dieser afrikanischen Waldmenschen eine Struktur und Charakteristik haben, die genau mit der Position und dem Bewegungsablauf bestimmter Sterne am Himmel korreliert. Verblüffend war dabei die Tatsache, dass für die Entdeckung und das Verständnis dieser Bewegungsgesetzmäßigkeiten unvergleichbar tiefere astronomische Kenntnisse nötig waren, als man von diesen afrikanischen Waldmenschen hätte erwarten können. Diese überraschenden Erkenntnisse wurden publiziert und sorgten für eine ganze Reihe Vermutungen und Theorien. Auch wenn es nie gelungen ist, eine befriedigende Antwort auf das Rätsel zu bekommen, woher das Wissen dieser Wilden über die Sterne kommt, kann man an diesem Beispiel gut verdeutlichen, was eine allzu enge Spezialisierung auf wissenschaftlichem Gebiet zur Folge hat. Ein Mensch, der bei seinem Afrika-Aufenthalt ein sehr interessantes Phänomen dokumentierte, war sich wegen seiner völligen Unkenntnis auf dem Gebiet der Astronomie des Wertes dieser Information gar nicht bewusst.

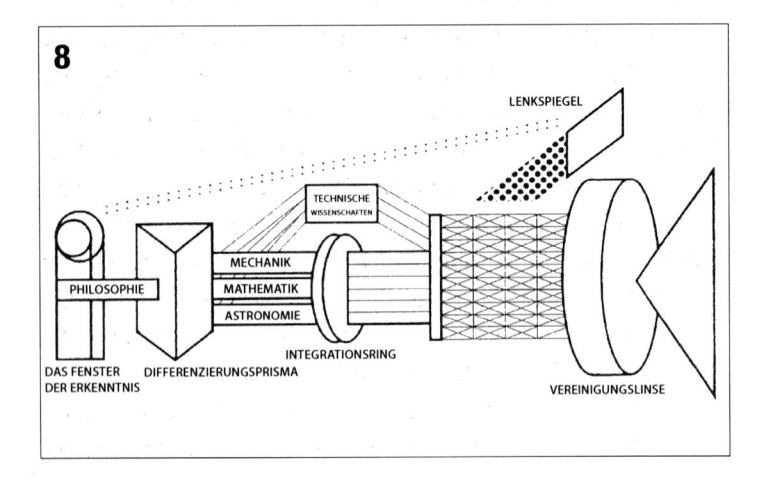

Die durch die enge Spezialisierung entstandenen Nachteile werden zum Teil wieder durch die Entstehung neuer Wissenszweige kompensiert, die sich an der Nahtstelle zwischen zwei oder mehreren wissenschaftlichen Disziplinen herauskristallisieren. Als typische Beispiele, von denen heutzutage eine ganze Reihe existiert und laufend weitere entstehen, können Biophysik oder Biochemie dienen. Leider ermöglicht auch diese Entwicklung keinen Gesamtüberblick über die Wirklichkeit der uns umgebenden Welt. Es gibt alle möglichen die Zukunft der Wissenschaft betreffenden Überlegungen, sowohl optimistische als auch pessimistische Prognosen. Sehr interessant ist ein Modell von Akademiemitglied B.M. Kedrov. Er hat noch in der damaligen Sowjetunion eine durch die Verwendung sehr triftiger Elemente grafisch dargestellte Betrachtungsweise der wissenschaftlichen Entwicklung veröffentlicht. (Abbildung Nr. 8)

Die Lichtstrahlen stellen hier die Strömung der Wissenschaft durch die Geschichte dar und die einzelnen optischen Elemente charakterisieren bestimmte bedeutsame Veränderungen, zu denen es im Laufe der Jahrhunderte immer wieder kam.

„Das Fenster der Erkenntnis" markiert den Beginn der Wissenschaftsgeschichte. Aus ihm strömt ein einziger Strahl weißen Lichtes, welcher das einzige, ursprünglich einheitliche wissenschaftliche Fachgebiet darstellt, das als Philosophie bezeichnet wird. Das etwa am Anfang unserer Zeitrechnung stehende Differenzierungsprisma zerlegt die ursprünglich einheitliche Wissenschaft in drei Disziplinen – Mathematik, Mechanik und Astronomie. Diese drei Strahlen gliedern sich im 17. Jahrhundert in weitere Nebenstrahlen auf, die den Bereich der technischen Wissenschaftsfachgebiete abdecken. Die nahmen ihren eigenen Weg, was schließlich zur Industriellen Revolution führte. Durch fortschreitende Spezialisierung kam es zu einer weiteren Differenzierung der ursprünglich drei wissenschaftlichen Grunddisziplinen. Gleichzeitig wirken sich aber auch die vereinheitlichenden Elemente aus, die der Autor als einen Integrationsring darstellt. Diese Aufgabe übernimmt vor allem der Energieerhaltungssatz, der für alle, auch damals schon verhältnismäßig stark spezialisierten Fachgebiete die gleiche Gültigkeit hat. Diesen Integrationscharakter weisen auch revolutionäre Entdeckungen aus dem Bereich des Mikrokosmos auf. Sie enthüllen bereits seit vielen Jahren weitere für verschiedene wissenschaftliche Fachgebiete gemeinsam geltende Gesetze. Die technische Wissenschaft nähert sich wieder der Grundströmung der wissenschaftlichen Forschung, um auch von den neusten Erkenntnissen zu profitieren. Es kommt also nicht nur zu einer Überblendung der einzelnen wissenschaftlichen Fachgebiete, sondern auch zu einer immer stärkeren Vermischung der technischen und der rein wissenschaftlichen Disziplinen. Das entstandene „Durcheinander" wird durch die an Gewicht gewinnende Kybernetik noch vermehrt. Diese greift jetzt praktisch in alle wissenschaftlichen Gebiete ein. Die heutige Zeit wird nun durch den kompliziertesten und am wenigsten überschaubaren Teil dieses Modells charakterisiert. Außerhalb dieses problematischen bis chaotischen Abschnittes befindet sich ein „Lenkspiegel", der einen Teil des ursprünglichen, aus dem „Fenster der Erkenntnis" ausgestrahlten Lichtes in diesen chaotischen Abschnitt zurücklenkt. Er weckt die Hoffnung, dass die unübersehbaren und komplizierten Geschehnisse innerhalb dieses wirren Durcheinanders keine Zufallsergebnisse sind, sondern dass auch hier bestimmte verborgene Gesetze gelten, nach denen sich auch die Wissenschaft entwickelt. Es kommt zu einer ganz engen Bündelung einiger Lichtstrahlen, was die Entstehung neuer, sogenannter komplexer wissenschaftlicher Fachgebiete zur Folge hat. Diese beschäftigen sich nicht mehr nur mit spezieller Forschung, sondern sie bemühen sich um einen ganzheitlichen Blickwinkel, der zum Beispiel auch ökologische Fragen einbezieht. Allmählich bereiten diese komplexeren Fachgebiete die gesamte Wissenschaft auf eine bedeutsame Veränderung vor, die sie in Gestalt der „vereinheitlichenden Linse" künftig erwartet. Sie bündelt in ihrem Brennpunkt diverse Lichtstrahlen in einen einzigen Strom eines weißen zukünftigen Lichtes. In dieser Welt wird die Wissenschaft weder der Herstellung verschiedener Vernichtungswaffen dienen, noch wird sie durch ihre Produkte die Menschen und die Natur liquidieren. Vorrangig wird sie ein Instrument der Menschheit zum Erreichen edler Ziele universellen Charakters darstellen.

Das ganze die Evolution der Wissenschaft sehr gut darstellende Modell kann man auch für eine vereinfachte Darstellung der Evolution der Menschheit verwenden. Auch hier spricht man von einer anfänglichen Einheitlichkeit in uralter Vergangenheit, gleich ob man sie als Eden, goldenes Zeitalter oder einfach das Licht am Anfang bezeichnet. Die Menschheit als eine Einheit durchläuft verschiedene Etappen der Differenzierung, markanter Teilung und Zersplitterung der einzelnen evolutionären Strömungen genauso wie ihrer Vermischung und wiederholten Überlagerung. Das Bild eines komplizierten Durcheinanders charakterisiert auch sehr treffend die Geschehnisse in der heutigen komplizierten und chaotischen Welt. Auch hier bietet aber der „Lenkspiegel" Hoffnung für die Zukunft. Man ahnt, dass auch die chaotischen Abschnitte, großen Veränderungen und Wirren nur eine gesetzmäßige Etappe auf einem sehr langen Entwicklungswege der Menschheit zu einer edleren und qualitativ höheren Lebensart darstellen.

Und weil aller guten Dinge drei sind, benutzen wir unser Modell auch noch für die individuelle Entwicklung eines Menschen. In diesem Fall können wir in den Lichtstrahlen den Lebensweg und die Wandlungen im Leben jedes Menschen sehen. Auch wenn sich natürlich verschiedene Menschen auf verschiedenen Entwicklungsebenen befinden, sind hier eine Gesamtlinie, ein Ausgangspunkt und ein Ziel sehr gut dargestellt. Der Mensch stammt vom Licht und sein Ziel liegt auch wieder dort. Auch wenn der Weg keinesfalls leicht ist, Probleme, Anstrengungen und Schmerzen mit sich bringt, letztendlich führt er den Menschen zu Werten, die alle vorherigen Leiden vergessen lassen. An dieser Stelle taucht automatisch die Frage nach dem Sinn dieser Strapazen auf. Warum sollte man überhaupt diese lange, komplizierte und oft auch schmerzhafte Pilgerfahrt von einem anfänglichen einheitlichen Licht zurück zu dem gleichen Licht absolvieren, das uns diesmal am Ende des Weges als vorgegebenes Ziel erwartet? Aus spiritueller Sicht handelt es sich um einen sehr wichtigen, die Entfaltung der freien menschlichen Individualität erst ermöglichenden Evolutionsprozess, der sich ab einer bestimmten Zeit als bewusstes Element in der Evolutionskette manifestiert. Der ursprüngliche Zustand des weißen, klaren Lichtes – anders gesagt: reines Bewusstsein – ermöglichte dem Menschen nicht, sich selbst als eine geistige Individualität wahrzunehmen. Deshalb folgte der Abstieg in die komplizierte und anstrengende

Welt der Materie, in einen individualisierten physischen Körper, damit der Mensch sich seiner selbst bewusst wird und gleichzeitig auch Kräfte und Beständigkeit für den Kampf gegen Hindernisse sowohl in der äußeren Welt als auch in seinem Inneren erwirbt. Das Erreichen der Wiedervereinigung bringt dann dem Menschen das Licht des einheitlichen reinen Bewusstseins, das seine Erfahrungen und seine Entwicklung in der irdischen Sphäre krönen wird.

Bezüglich des gegenwärtigen Standes der wissenschaftlichen Entwicklung können wir uns fragen, wo das Anfangspotenzial und Möglichkeiten für eine qualitative Veränderung der wissenschaftlichen Arbeit liegen, so wie es die Zukunft verlangt. Bereits heute kann man erste Ansätze der Entstehung komplexer wissenschaftlicher Fachgebiete beobachten. Es gibt Tendenzen, ein ganz neues wissenschaftliches Fachgebiet zu schaffen, das so etwas wie einen Überbau für alle gegenwärtig existierenden Fachgebiete darstellen würde. Es ginge dabei um eine Wissenschaft, die über kein eigenes spezifisches Forschungsgebiet verfügte. Ihre Aufgabe bestünde im Zusammentragen, Sortieren und Bearbeiten der Erkenntnisse aus allen anderen wissenschaftlichen Gebieten. So eine Richtung stellt sicher ein sehr nützliches und auch notwendiges Element dar. Die dieser neuen Fachrichtung bevorstehenden Aufgaben wären aber alles andere als leicht oder unkompliziert. Allein die rein technische Verarbeitung der aus allen wissenschaftlichen Gebieten rasch fließenden Informationen stellt ein schwieriges Problem dar. Es gibt Schätzungen, wonach man schon für dieses Zusammentragen und Sortieren aller zugänglichen Informationen eine Arbeitsgruppe von mindestens 80 000 speziell ausgebildeten Akademikern ins Leben rufen müsste. Natürlich kann man heute bei der Verarbeitung dieser riesigen Datenmengen die Informationstechnologie heranziehen. Verschiedene Datenbanken sind heute durchaus imstande, Unmengen an Informationen aus allen Gebieten menschlicher Tätigkeit zu sammeln und zu verwalten. Damit aber alle diese Informationen nicht nur reine Statistik oder aus technischer Sicht eine höchstwertige Enzyklopädie bleiben, braucht es doch etwas mehr. Falls man einen Blick hinter die äußere Erscheinung der Phänomene dieser Welt werfen will, um die Gesetze, die als universelle Prinzipien ihre Basis bilden, zu entdecken und zu verstehen, kommt man mit bloßem mechanischen Zusammentragen und Sortieren der Informationen und verschiedenen Daten nicht mehr aus. Sehr hilfreich bei der Lösung dieser Problematik ist die Ansicht Albert Einsteins, der ohne Zweifel der bekannteste unter den Wissenschaftlern des 20. Jahrhunderts ist. Er meint, dass die Menschen oft dem falschen Eindruck erliegen, der Weg zum Begreifen der allgemein gültigen Gesetze führe über fleißiges Sammeln der Daten, beispielsweise einer Versuchsreihe. Ihre abschließende Auswertung und Zusammenfassung schafft vermeintlich die Voraussetzungen für das Begreifen des für alle Phänomene gemeinsam gültigen Gesetzes. Damit will er auf keinen Fall die Notwendigkeit und die Bedeutung emsiger intellektueller Arbeit beim Sammeln und Sortieren bestimmter Daten leugnen. Auf der anderen Seite sagt er aber, dass diese Tätigkeit allein nie zur Entdeckung dieser allgemein gültigen Gesetze führt. Er vergleicht diese intellektuelle Tätigkeit mit dem Klavierspiel. Der Anfänger spielt mit einem Finger auf der Klaviatur eine einfache Melodie, er verbindet einen Ton mit dem anderen und das Ergebnis ergibt einen Sinn. Mit dieser Technik wird er aber zum Beispiel beim Versuch, eine Fuge Bachs zu interpretieren, kläglich scheitern. Ähnlich ist es auch mit den physikalischen Elementen. Auch dieses Gebiet ist zu kompliziert, um Gesetzmäßigkeiten nur und ausschließlich aufgrund von Auswertungstätigkeit zu begreifen. Einstein sagt dazu, dass bei der Formulierung eines allgemein gültigen Gesetzes die Intuition eine Schlüsselrolle spielt, selbst wenn auf diesem Gebiet ausreichend Informationen gesammelt wurden. Nur sie, die in der Hierarchie des menschlichen Bewusstseins über dem Verstand steht, gibt uns Menschen die Möglichkeit, komplizierte Sachverhalte in Zusammenhängen als ein Ganzes aufzunehmen und zu begreifen. Was wiederum nicht bedeuten soll, dass nicht gelegentlich klare bis blendende Geistesblitze dem Menschen

Informationen sozusagen mühelos, ohne sein Zutun vermitteln können. Einsteins Arbeitsweise mit ihrem hohen Maß an Selbstdisziplin, tiefer Konzentration und großer Ausdauer ist dafür der beste Beweis.

Über die Bedeutung der Intuition bei der wissenschaftlichen Forschung sprechen außer Einstein auch andere bedeutende Wissenschaftler. Zum Beispiel Mendelejew, der Autor des Periodensystems der Elemente, trug in seine Tabelle auch die zur damaligen Zeit unbekannten Elemente ein. Das Problem der bestimmten Anordnung der Elemente bereitete ihm großes Kopfzerbrechen. Obwohl er viel Energie und Zeit darauf verwendete, brachten seine Bemühungen nicht das erhoffte Ergebnis. Erst ein Traum im Zusammenhang mit dem Kartenlegen brachte die zum Erfolg führende Inspiration. Die Kartensymbole wurden durch die chemischen Zeichen ersetzt und die Basis des Periodensystems war geboren. Mendelejew war sich der Möglichkeiten, intuitiv Erkenntnisse zu gewinnen, wohl bewusst und weil er selbst nicht imstande war, auf diesem Wege Informationen zu empfangen, wandte er sich an seine Frau. Sie war zwar eine einfache und auf diesem Gebiet völlig ungebildete Frau, verfügte aber über so viel Intuition, dass er sich bei ihr immer Rat oder Inspiration holen konnte, wenn seine Forschungen in einer Sackgasse steckten.

Auch weitere bedeutsame Entdeckungen erblicken das Licht der Welt nur dank inspirierter Träume. Aus dem Gebiet der Chemie können wir zum Beispiel die Entdeckung des Aufbaus des Benzolrings anführen, der ein wichtiger Baustein vieler organischer Verbindungen ist, gleichzeitig aber eine harte Nuss für die damaligen Chemiker darstellte. Auch das sogenannte planetare Atommodell, das noch heute auf vielen Schulen in Physikstunden über den Aufbau der Atomhülle verwendet wird, ist auf der Grundlage eines Traumes entstanden. In diesem Traum sah der bekannte Physiker N. Bohr Planeten, die um einen zentralen Stern kreisten. Nach dem Aufwachen verarbeitete er diese Vision zu dem bekannten Atommodell.

Man könnte sicher eine ganze Reihe ähnlicher Beispiele anführen, aber es ergäbe keinen Sinn, hier alle Einzelfälle zu nennen. Viel wichtiger ist das Resümee, dass viele Wissenschaftler auf dem erstaunlichen Wege intuitiver Erkenntnis zu ihren wichtigsten Entdeckungen gekommen sind, gleich ob in der Form eines Traumes oder auch durch einen veränderten Bewusstseinszustand. Es handelt sich zum Beispiel um den Zustand direkt vor dem Einschlafen und Aufwachen oder bei Fieber, wenn die üblichen, vom Verstand her stammenden Überlegungen in den Hintergrund treten und sich dadurch ein Raum für den Empfang der intuitiven Informationen öffnet.

Diese Beispiele sind vor allem in einer Hinsicht sehr wichtig. Viele ehrliche und begabte Forscher aus verschiedenen wissenschaftlichen Fachrichtungen stellen sich ab und zu die fundamentale Frage, ob der menschliche Verstand überhaupt in der Lage ist, die universellen, den Lauf dieser Welt bestimmenden Gesetze zu entdecken. Es muss erwähnt werden, dass einige Wissenschaftler früher und auch noch heute in dieser Hinsicht sehr skeptisch sind. Wenn sich aber zeigt, dass der Intellekt für das Begreifen der Lebenssubstanz und der Weltbeschaffenheit nicht die einzige Erkenntnismöglichkeit darstellt, eröffnet sich damit ein Freiraum für die Erfüllung dieser ewigen Sehnsucht des menschlichen Geistes. Neben den intuitiven Erfahrungen einiger Wissenschaftler existieren weitere Tatsachen, die uns helfen zu begreifen, dass durchschnittliche oder selbst überdurchschnittliche intellektuelle Fähigkeiten für die Grenzen der menschlichen Erkenntnis bei Weitem nicht ausschlaggebend sind.

Als sehr interessant erweist sich in diesem Zusammenhang ein Blick auf den Aufbau und die Struktur des menschlichen Gehirns, das ohne Übertreibung die komplizierteste und vollkommenste irdische „Anlage" darstellt. Dass die Anzahl der Gehirnzellen auf circa hundert Milliarden geschätzt wird, übersteigt unsere Vorstellungskraft. Zur Illustration kann man erwähnen, dass ein Mensch allein für das mechanische Abzählen einer solchen Menge circa dreitausend Jahre brauchen würde. Jede Gehirnzelle ist mit vielen anderen verbunden. Jede Zelle kann bis zu tausend dieser Verbindungen haben. Ihre Gesamtlänge wird auf 1 000 000 Kilometer geschätzt. Das heißt, dass diese Nervenverbindungen zu einem Faden verknüpft von der Erde bis zum Mond, dann zurück und nochmals zum Mond reichen würden.

Auch ohne dass wir jetzt noch über die komplizierte Struktur jeder Zelle sprechen wollen, bietet sich uns ein Bild, über dessen Komplexität wir einfach nichts sagen können. Die Gesamtzahl aller möglichen Kombinationen ist bei der riesigen Menge an Gehirnzellen und ihrer möglichen Verbindungen im wahrsten Sinne des Wortes unvorstellbar.

Die Medizin beschäftigt sich mit unserem Gehirn schon seit vielen Jahrzehnten. Viele Funktionsmechanismen wurden bereits entdeckt. Man kann zum Beispiel verschiedene Bereiche im Gehirn den entsprechenden Funktionen zuordnen. Seine Arbeitsweise und die ablaufenden Prozesse im Ganzen vorauszusagen oder gar die Prinzipien seiner Tätigkeit zu erklären übersteigt jedoch eindeutig die Möglichkeiten heutiger Medizin. Ein Neurologe hat dieses Problem mit folgenden Worten kommentiert: „Wenn wir heute das menschliche Gehirn betrachten, ist unsere Situation durchaus mit der Lage einer alten Dorfbewohnerin vergleichbar, die sich das Innere eines Fernsehers anschaut." Diese Charakteristik bedarf sicher keines Kommentars. Sie macht uns aber auf eine der größten Paradoxien unseres Lebens aufmerksam. Sie zeigt, dass unsere Kenntnisse über uns selbst gelinde gesagt unzureichend sind.

Die den Gehirnaufbau charakterisierenden Zahlen spiegeln im Grunde genommen seine mechanische Struktur auf der Zellebene wider. Auch wenn bereits diese Angaben sehr beeindruckend sind, sagen sie überhaupt nichts über die einzelnen Funktionen und vor allem über die Gesamtleistungsfähigkeit des Gehirns aus.

Viele Menschen bewundern heute die Computer mit ihren bemerkenswerten Fähigkeiten. Wir sollten uns aber darüber im Klaren sein, dass auch die modernsten und leistungsfähigsten Großrechner im Vergleich zu unserem Gehirn nur unbeholfene und primitive Spielzeuge sind. Einige Forscher behaupten, dass die Kapazität des menschlichen Gehirns nur zu etwa 10 % genutzt wird. Skeptischere Schätzungen sprechen von nur einem Prozent. Man kann aber nicht sagen, dass bei einer 100 %igen Ausnutzung die Leistungsfähigkeit zehn- bzw. hundertmal steigen würde. Bei höherem Nutzungsgrad im Rahmen der angegebenen Relationen würde es allein aufgrund der enorm steigenden Kombinationsmöglichkeiten zu einem viel höheren Leistungszuwachs kommen, als dem Unterschied von 90 oder 99 % entsprechen würde.

Aus der Sicht seines einzigen aktiven Prozentpunktes der Gehirnkapazität kann sich der Mensch die vollen Möglichkeiten dieses wahren Wunders der Natur nur schwer vorstellen. Die daraus resultierende logische Frage ist, ob eine derart riesige Kapazität überhaupt nutzbar ist, und wenn ja, unter welchen Umständen. Um uns herum sehen wir, dass alles Überflüssige in der Natur verschwindet. Es ist also nicht anzunehmen, dass die Natur den Menschen irrtümlicherweise mit einem überdimensionierten Gehirn ausgestattet hätte. Es handelt sich vielmehr um eine Art Reserve für die Zukunft, in der sich der Mensch der Erkenntnis seiner eigenen Fähigkeiten nähern wird. Es sei auch erwähnt, dass es Yogatechniken gibt, die dazu dienen, die latenten Gehirnzellen zu aktivieren.

Als Hinweis, dass der Mensch von den Grenzen seiner Möglichkeiten noch sehr weit entfernt ist, können wir auch eine Reihe erstaunlicher Leistungen aus verschiedenen menschlichen Tätigkeitsbereichen betrachten. Das Beispiel der exzellenten Rechenkünstler zeigt, dass wir unsere Möglichkeiten gewöhnlich nur unter einem begrenzten Blickwinkel betrachten. Es gibt Menschen, die es fertigbringen, die zwölfte Wurzel aus einer sechzehnstelligen Zahl in Windeseile im Kopf zu ziehen. Interessant dabei ist, dass sie, genau wie ihre „Kollegen", die ähnliche an einem Wunder grenzende Rechenoperationen durchführen, ein „fertiges" Ergebnis bekommen, ohne irgendeine unbekannte oder geniale Methode angewendet zu haben.

Andere Menschen wiederum können sich ganze Fahrpläne, Telefonbücher oder hundertjährige Kalender merken. Ein Mensch in Burma konnte zum Beispiel 16 000 Seiten buddhistischer Texte auswendig rezitieren, was ihm unter anderem auch einen Eintrag in das Guinnessbuch der Rekorde brachte.

Viele Forscher, die sich mit diesen oder ähnlichen Fragen beschäftigen, sind zu dem Schluss gekommen, dass es sich in diesen Fällen eigentlich um keine außergewöhnlichen Leistungen handelt. Sie glauben, dass im Grunde genommen alle Menschen potenziell über diese Fähigkeiten verfügen, dass sie aber bei den meisten nur in latenter Form vorhanden sind.

Die heutige Zeit liefert einem aufgeschlossenen Menschen viele Hinweise darauf, dass die Menschheit sich einer Grenze nähert. Wenn wir sie überwinden wollen, müssen wir der Frage unseres Bewusstseins höchste Priorität einräumen.

Bereits Johannes Kepler war sich dieses Problems bewusst, als er gesagt hat: „Die Wege, die Menschen das Wesen des himmlischen Geschehens entdecken lassen, kommen mir genauso merkwürdig vor wie diese Phänomene selbst." Es stimmt tatsächlich, eines der größten Rätsel trägt der Mensch in seinem Inneren. Um dieses Geheimnis zu lüften und für eine breitere Öffentlichkeit zugänglich zu machen, braucht man einen anderen Betrachtungswinkel auf das Leben, eine neue Lebensphilosophie. Die Worte des berühmten Atomphysikers G. Oppenheimer bestätigen voll diese Behauptung: „Unsere Philosophie, falls wir überhaupt eine haben, ist sehr anachronistisch und nach meiner Überzeugung an unsere Zeit auch absolut unangepasst." In diesem Satz steckt eine tiefe Wahrheit. Man kann nämlich die Entwicklung und den Fortschritt auf dem Gebiet der Wissenschaft nicht als eine isolierte, vom übrigen täglichen Leben unabhängige Angelegenheit verstehen. Der Mensch muss als eine Einheit, als komplexes Wesen betrachtet werden, das nicht in getrennte Sektionen aufgeteilt werden darf. Um mit der Konsequenz der eigenen Erkenntnisse fertigzuwerden, muss die Menschheit nach einer neuen Lebensphilosophie suchen.

Um dieses Thema abzuschließen und gleichzeitig die Fortsetzung einzuleiten, behelfen wir uns mit den Worten eines bekannten Wissenschaftlers. Es handelt sich um Louis de Broglie, der unter anderem der Materie auch einen Wellencharakter zugebilligt hat: „Wir dürfen nie vergessen, welcher unerwarteten Entwicklung unsere Kenntnisse bei all ihrer Begrenztheit fähig sind. Wenn sich das menschliche Denken aufschwingt, erblickt der Mensch die Einheitlichkeit aller Prozesse, die wir heute noch in Kategorien wie – physikalisch, chemisch, biologisch oder psychisch einordnen, im wahren Licht, von dessen Existenz wir heute noch keine Ahnung haben." Dieser Gedanke kann auch als eine Art Botschaft für den an der turbulenten Jahrtausendwende lebenden Menschen verstanden werden. Als eine Botschaft und gleichzeitig auch als die Hoffnung, die uns neue Kräfte für einen Aufschwung des menschlichen Geistes verleihen kann.

Licht der Zukunft

Wenn sich die Menschen ihre eigene Zukunft vorstellen, wird sie nur selten symbolisch mit dem Licht verbunden. Überwiegend handelt es sich eher um düstere Prognosen über Probleme und Katastrophen aller Art. Dennoch kann der Mensch das Licht erreichen. Das Licht der Weisheit, der Wahrheit und der Liebe. Der Mensch verfügt aber auch über den freien Willen, also über die Möglichkeit, seinen Weg selbst zu bestimmen. Er kann jederzeit zwischen dem zum Licht führenden und dem entgegengesetzten Weg wählen. Er muss aber bereit sein, die Verantwortung und die Konsequenzen zu tragen, die sich aus diesen aus freiem Willen getroffenen Entscheidungen ergeben. In diesem Sinne steht heute die Menschheit an einem Scheideweg. Die Menschheit, aber auch jeder Einzelne muss wählen, wie das weitere Leben gestaltet werden soll.

Die heute verfügbaren Erkenntnisse über die Beschaffenheit der Materie, die Zeit- und Raumproblematik oder die Struktur des Universums zeigen eindeutig die Notwendigkeit einer qualitativen Veränderung unserer Denkweise über die uns umgebende Welt. Ein wissenschaftlich und technisch orientierter Mensch stößt zwangsläufig auf Barrieren, die durch bloße Verbesserung der bereits existierenden Methoden nicht mehr zu überwinden sind. Wir stehen vor der Aufgabe, noch tiefer zum Kern der Phänomene vorzudringen und dadurch den Sinn und die Mission unserer eigenen Existenz zu begreifen. Wie bereits erwähnt, gibt es eine ganze Reihe von Beweisen, dass der Mensch zu dieser Veränderung durchaus fähig ist und dass auch unser Bewusstsein über Mechanismen verfügt, die es ihm ermöglichen, die Grenzen einer rein intellektuellen Weltsicht zu überwinden. Die heutige Menschheit befindet sich bei Weitem nicht auf ihrer höchsten Entwicklungsstufe. Wir sind jedoch an einem Endpunkt der intellektuell-materialistischen Etappe unseres Denkens angelangt, ein qualitativ höheres Bewusstsein, zu dem die Menschheit eines Tages heranwachsen soll, ist nicht auf einfache Art und Weise zu erreichen, und die in diese Richtung gehende Evolution wird viel Zeit in Anspruch nehmen. Wichtig ist aber an diesem Wendepunkt, die richtige Richtung zu wählen.

Die zu einem höheren Bewusstsein der Menschheit führende Evolution verläuft nicht bei allen Menschen gleich schnell. Es gibt immer Menschen, die ihrer Zeit sozusagen voraus sind. Ihre Gedanken stellen dann für andere Impulse dar, denen diese früher oder später folgen werden. Der Durchschnitt stellt zahlenmäßig den größten Teil dar, es gibt aber auch Nachzügler, die mit ihrer Art des Denkens zurückbleiben. Diese Aufteilung gab es natürlich bereits in der Vergangenheit und deshalb verfügte man zum Beispiel schon in der Antike über bewundernswerte Kenntnisse, die einfach nicht in unser Bild von der damaligen Zeit passen. Mit anderen Worten, in der ganzen Menschheitsgeschichte gab und gibt es immer Menschen, die mehr als die meisten vom Mysterium des Lebens verstanden haben, und bei geeigneten Voraussetzungen können sie auch viele andere Leute beeinflussen. Epochen, in denen außergewöhnlich begabte und edelmütige Menschen ganze Völker führen und altruistisch über ihre Entwicklungsrichtung bestimmen können, wechseln mit Zeiten, in denen diese Persönlichkeiten in der Abgeschiedenheit oder sogar ganz im Verborgenen leben.

Tiefe Erkenntnisse über die Gesetze des Lebens, die bereits in ferner Vergangenheit immer wieder auftauchten, zeugen davon, dass es in der ganzen Menschheitsgeschichte ein gewisses geistiges Potenzial, eine Vereinigung geistig hochstehender Persönlichkeiten gab, die meist unbeachtet und im Verborgenen auf die Entwicklung der ganzen Menschheit einwirkten. Erwähnungen solcher Geheimbünde, die diese elementaren Kenntnisse durch Jahrhunderte, ja Jahrtausende weitergaben, finden sich bereits in uralten Schriftstücken.

So wird in Indien bis heute die Legende von der Gruppe der „Neun Unbekannten" erzählt. Sie existiert seit der Zeit des Königs

Asokes (drittes Jahrhundert vor unserer Zeitrechnung). Die „Neun Unbekannten" besäßen bedeutsame Kenntnisse aus verschiedenen menschlichen Tätigkeitsbereichen. Dieses Wissen werde streng bewacht und nur an ihre Nachfolger weitergegeben, die sehr strenge moralische Kriterien erfüllen. Man sagt sogar, dass einige bedeutende Entdeckungen der Neuzeit eigentlich nur freigegebene Informationen aus dieser Schatztruhe der Weisheit darstellen. Die Gruppe der „Neun Unbekannten" sammelt angeblich Informationen, die in neun große Kategorien unterteilt sind:

– Kenntnisse, die die Beherrschung der Massen ermöglichen
– Kenntnisse aus dem Bereich der Physiologie, die auch noch ganz unbekannte Aspekte beinhalten
– Komplexe Kenntnisse aus dem Gebiet, das heute als Mikrobiologie bezeichnet wird
– Alchimistisches Wissen
– Irdische wie außerirdische Kommunikationsmöglichkeiten
– Lehre, die die Geheimnisse der Gravitation enthüllt
– Umfangreiche kosmogonische Kenntnisse
– Lehre über das Lichtwesen
– Weitreichende Kenntnisse über die menschliche Evolution

Kennzeichnend für die mit diesem wertvollen Kapital hantierenden Menschen ist, dass sie keiner religiösen, politischen oder gesellschaftlichen Gruppierung angehören. Bei dem Gedanken, dass ein sehr eng begrenzter Kreis von Menschen über solch elementares Wissen verfügt, taucht automatisch die Frage auf, ob es überhaupt gerecht ist, dass einige wenige Menschen sich diese für die Entwicklung der mehr als sechs Milliarden Menschen eine Schlüsselrolle spielenden Kenntnisse aneignen und sie geheim halten. Mit Blick auf die Nutzung oder vielmehr Ausbeutung der bisherigen wissenschaftlichen Errungenschaften erscheint die ganze Angelegenheit in einem anderen Licht. Hier geht es sicher nicht um egoistische Geheimhaltung, sondern vielmehr um eine höchst notwendige und weise Schutzmaßnahme. Einen Schutz vor Informationen, die für die moralisch noch unreife und völlig unvorbereitete Menschheit mit großer Wahrscheinlichkeit zur Selbstzerstörung führen würden. Im Umgang mit bahnbrechenden Entdeckungen lassen sich Parallelen im Leben einiger bedeutender Wissenschaftler der vergangenen Jahrzehnte beobachten. Blicken wir in die Geschichte zurück, so finden wir mehrere Fälle solcher Hüter des Wissens. Die Tempel und Heiligtümer im alten Ägypten hält man für Zentren, in denen das gesamte Wissen gesammelt und aufbewahrt wurde. Angeblich gab es hier unter anderem die ganze Menschheitsgeschichte bis circa 30 000 Jahre vor Christus darstellende Schriften. Dieses Geheimwissen wurde von Priestern überwacht, die den Zutritt zu diesen ihnen anvertrauten Informationen nur in ganz seltenen Ausnahmefällen genehmigten. Ein potenzieller Adept dieser Einweihung musste sich sehr strengen und anspruchsvollen Prüfungen unterziehen, um seine Entschlossenheit, seine Willensstärke, aber auch seinen Charakter und seine Treue zu den edlen Idealen an der Grenze zwischen Leben und Tod zu beweisen. Man sagt, dass Pythagoras, einer der Eingeweihten der Antike, viel Zeit in ägyptischen Tempeln verbracht hat, um hier Kenntnisse und Inspiration für seine spätere geistige Tätigkeit zu schöpfen.

In einer uralten tibetanischen Legende wird von einer mysteriösen Stadt mitten im Himalaja erzählt, die unter dem Namen Šambala das Zentrum der Weisen aus dem ganzen Osten darstellt. Legenden über diese Stadt sind auch in Indien, der Mongolei und in vielen anderen Ländern verbreitet. In einem Punkt sind sich alle einig. Es handelte sich um einen mysteriösen Ort, an dem die Mahatmas – geistig hoch entwickelte Menschen – leben. Sie stünden über den für gewöhnliche menschliche Gemeinschaften so typischen Kleinlichkeiten. Ihre Kenntnisse und ihr Wissen, die sie für die in die Krise geratene und leidende Menschheit einsetzten, seien enorm. Zu diesem zwischen den größten Bergen der Welt versteckten Gebiet hätten nur Auserwählte Zutritt – die weisesten, edelmütigsten und dem Dienst an der Menschheit tief ergebenen Menschen. Die in dieser Gemeinschaft lebenden

Frauen und Männer verfügten über erstaunliche mentale und andere Energien, von denen die heutige Menschheit noch keine Ahnung habe. Diese Energien machten die Stadt für einen unbefugten Besucher unbetretbar, ja sogar unsichtbar. Falls die Bewohner dieser Stadt sich unter die einheimische Bevölkerung mischten, benähmen sie sich ganz unauffällig und versuchten unerkannt zu bleiben.

Auch wenn die ersten Erwähnungen der sagenhaften Stadt Šambala bis zum Beginn unserer Zeitrechnung, ja noch weiter zurückreichen, tauchen noch heute ähnliche, nur wenige Jahrzehnte alte Berichte auf. Mit der möglichen Existenz dieser mysteriösen Stadt hat sich zum Beispiel N.K. Rerich sehr intensiv beschäftigt (Maler, Schriftsteller, Archäologe und Ethnograf – gestorben 1947). Er verbrachte im Himalajagebiet, in Tibet und in der Mongolei fast 25 Jahre seines Lebens. Er lernte sowohl die uralten als auch die gegenwärtigen Kulturzentren Mittelasiens kennen und hatte zu Informationen Zutritt, die Europäern streng verschlossen bleiben. Für ihn war die Existenz von Šambala eine Realität. Er selbst meinte dazu: „Wenn ihr durch die abgelegenen Hochebenen Tibets geht und unmittelbar ihre magische Zauberwirkung spürt, wenn ihr vielen Augenzeugen begegnet und schließlich selbst zu Augenzeugen werdet, dann verschwinden alle Zweifel an der Existenz dieser Himalaja-Siedlung der Mahatmas."

Auch in der europäischen Geschichte wird über Geheimbünde berichtet, zu denen sich die gegenwärtig geistig am höchsten entwickelten Menschen zusammengeschlossen haben, um der noch unbewusst lebenden Mehrheit der Menschen Hilfe zu leisten. Den bekanntesten Geheimbund dieser Art stellen wahrscheinlich die Rosenkreuzer dar. Spuren ihrer Tätigkeit gibt es in verschiedenen Zeiten und an verschiedenen Orten des europäischen Kontinents. Auch diese Gemeinschaft charakterisieren ein hohes Maß an Kenntnissen der universellen Lebensgesetze und außergewöhnliche Fähigkeiten, die zum Nutzen der Menschheit angewendet werden. Hier muss erwähnt werden, dass die Rosenkreuzer keine gewöhnliche Organisation mit ihren Regeln und Programmen sind. Eine solche Gemeinschaft entsteht nicht durch Aufnahmeanträge oder Mitgliederausweise. Sie stellt eher eine natürliche Gruppierung dar, die mehr oder weniger automatisch Menschen eines bestimmten geistigen Niveaus zusammenschließt. Man darf sie also auf keinen Fall mit der Vielzahl verschiedener in der heutigen Zeit entstehender Organisationen und Sekten verwechseln. Diese versuchen vielmehr echte geistige Gemeinschaften nachzuahmen und führen ihre Mitglieder oft in eine Sackgasse.

Im Hinblick auf außergewöhnliche menschliche Fähigkeiten können uns alte alchimistische Texte weiterhelfen. Man muss allerdings zunächst die wirklich in das alchimistische Wissen Eingeweihten von allen Betrügern und Scharlatanen unterscheiden, die von der menschlichen Unwissenheit profitieren. Die echten Weisen wussten natürlich, dass die alchimistischen Methoden, die unseren heutigen physikalischen oder chemischen Experimenten so ähneln, in Wirklichkeit ein ganz anderes Ziel verfolgten als etwa die so populär gewordene Umwandlung verschiedener Metalle. Das bedeutet zwar nicht, dass der Alchimie keine Mittel zur materiellen Transmutation zur Verfügung gestanden hätten, aber der wahre Zweck der alchimistischen Experimente lag irgendwo anders. Die uralte alchimistische Lehre zielte auf das volle Erwachen des menschlichen Geistes mit allen daraus erwachsenden, wenn auch bisher noch latenten Fähigkeiten.

Der Grund für die Fehlinterpretation der alchimistischen Texte liegt vor allem in ihrer Unverständlichkeit und der oft scheinbaren Widersprüchlichkeit der beschriebenen Prozesse. Diese Ausdrucksweise wurde aber absichtlich als eine Art natürlicher Schutz vor Missbrauch und Profanierung gewählt. Erst ein sich vorbehaltlos der Wahrheitssuche hingebender Mensch, der noch dazu bereit war, dieser Frage viel Zeit und Energie zu widmen, konnte langsam und mit viel Geduld nach und nach die einzelnen Wahrheitskörnchen in diesem Gewirr scheinbarer Paradoxe und Absurditäten entdecken.

Die verschlüsselte Symbolsprache alchimistischer Texte findet sich bei esoterischen Lehren oft. Diese Art der Informationsweitergabe wurde häufig genutzt. Man spricht sogar von alten chinesischen Texten, die bis zu sieben Deutungen zuließen. Beim oberflächlichen Lesen tauchte für den Uneingeweihten nur die weltliche, materielle Bedeutung auf. Erst einem geistig weiter entwickelten Menschen erschlossen sich die im Text beschriebenen tiefen spirituellen Zusammenhänge und Gesetze.

Es gab in der Menschheitsgeschichte natürlich viel mehr dieser Geheimbünde und geistigen Lehren als die hier genannten. Die allen gemeinsame Idee liegt dabei in dem Bemühen, die verborgenen Lebensgesetze zu lüften, die latenten menschlichen Fähigkeiten zu wecken und der Menschheit selbstlos zu dienen, um das Leid erträglicher zu machen und die Unwissenheit der Menschen zu beseitigen.

Bei den für die Zukunft der Menschheit relevanten Überlegungen können die Kenntnisse über die Vergangenheit eine wichtige Rolle spielen. Die aufgeführten Tatsachen deuten darauf hin, dass neben der offiziellen Wissenschaft auch noch eine Sphäre tiefer, das Leben betreffender Kenntnisse existiert, die sich wie der sprichwörtliche rote Faden durch die ganze Menschheitsgeschichte ziehen. Auch wenn gerade diese Sphäre für die meisten Menschen im Verborgenen bleibt, kann sie für die zukünftige Menschheitsentwicklung sehr wichtig werden. Sie kann als Inspiration zur Orientierung in schwierigen Zeiten und zugleich als moralische Kraftquelle dienen, die für die zukünftige Entwicklung eine Schlüsselrolle spielt.

Die heutige Menschheit steht aus verschiedenen Richtungen unter Druck. Dieser Druck zwingt uns im Grunde genommen zu einer grundsätzlichen Veränderung. Wir müssen sowohl unsere gesamte Lebenseinstellung als auch die Art ändern, wie wir Informationen über unsere Umwelt gewinnen und verarbeiten. Die uns zur Verfügung stehenden Informationen können wir in zwei Gruppen einteilen – Wissen und Erkenntnis. Meist werden diese Begriffe kaum unterschieden. Falls wir aber Wissen als theoretische Information und Erkenntnis als von uns unmittelbar gewonnene Erfahrung verstehen, ergibt sich hier ein Unterschied von grundsätzlicher Bedeutung. Die westliche Kultur ist überwiegend an theoretischem Wissen orientiert. Dessen Bedeutung soll nicht angezweifelt werden, doch es ist klar, dass für das menschliche Leben Informationen aufgrund eigener Erfahrung, also durch unmittelbar gewonnene Erkenntnis, wesentlicher sind. Aus dieser Sicht erweisen sich für den Menschen Erfahrungen aus seiner inneren – mentalen – Welt als enorm wichtig. Grundsätzlich kann der Mensch in der äußeren Welt nur die Ebenen erkennen, die er bereits in seinem Inneren erkannt hat.

Als Beispiel kann ein Mensch dienen, bei dem das logische Denken noch nicht entwickelt ist. Er kann wiederholt die Bewegungen der Sterne beobachten, er kann ihre Positionen schriftlich festhalten und trotzdem ist er nicht fähig, aufgrund dieser Informationen eine logische Schlussfolgerung zu ziehen, die auf die Existenz einer bestimmten Ordnung dieser Bewegungsabläufe hinweisen würde. Äußerst schwierig, wenn nicht ganz unmöglich ist es für einen Menschen ohne musikalisches Gehör, die Harmonie der Töne zu genießen. Wenn wir uns nach tieferem Verständnis der uns umgebenden Welt mit ihren Gesetzen sehnen, müssen wir in unserem Inneren die Bereiche unseres Bewusstseins wecken, welche die äußeren Geschehnisse in ihrer Gesamtheit widerspiegeln können. Es handelt sich um die bereits erwähnte Fähigkeit zur intuitiven Erkenntnis. Diese folgt keiner analytischen Methode, sondern es kommt zu einer gewissen Identifizierung des menschlichen Bewusstseins mit dem zu erforschenden Problem, was wiederum zu einem „Gesamtverständnis" des Sachverhalts führt. Ein Mensch, der etwas Ähnliches erlebt hat, begreift ganz plötzlich die entsprechende Gesetzmäßigkeit oder Tatsache. Oft gerät er aber in eine problematische Situation, wenn er sein Erlebnis anderen Menschen vermitteln will. Bisweilen reichen gewöhnliche verbale Ausdrucksmittel nicht aus, denn mit Worten lässt sich die Klarheit und Verständlichkeit dieses intuitiven Erlebens nicht beschreiben. Mit einem ähnlichen Problem hatte Albert Einstein zu kämpfen, als Kollegen ihn nach seinen Schlussfolgerungen bezüglich der Relation zwischen Zeit und Raum fragten. Um seine Erkenntnisse möglichst treffend zu charakterisieren, malte er für die Anwesenden ein großes griechisches Lambda auf das Papier, mit der Bemerkung, dass dieses Zeichen die gesuchte Beziehung darstelle. Was allerdings für den einen ein gut verständliches Symbol bedeutete, war für die anderen in diesem Moment etwas völlig Unverständliches. An dieser Stelle kann daran erinnert werden, dass gerade diese Sprache der Symbole für viele uralte Beschreibungen typisch ist. Diese Texte behandelten zum Beispiel die Entstehung des Universums oder andere wichtige Fragen. Spätere Forscher waren nicht imstande, hinter den verwendeten Symbolen eine tiefere Bedeutung zu spüren, und hielten sie oft für einen Ausdruck der Unwissenheit oder des Aberglaubens. In diesem Sinne ist es sehr wichtig für die Zukunft, die Kenntnisse über das menschliche Bewusstsein zu vertiefen. Kenntnisse über seine Funktionen, Fähigkeiten und überhaupt sein Wesen. In vielen Ländern werden bereits Methoden zur Erforschung und gezielten Beeinflussung der tieferen Strukturen unseres Bewusstseins angewandt. So werden in den Vereinigten Staaten an einigen Universitäten, aber auch an anderen Schulen Meditationstechniken praktiziert, mit denen Studenten und Professoren Entspannung und erhöhte Konzentration erreichen können. Beide Aspekte tragen wesentlich zu einem viel effektiveren Lernprozess bei.

 Viele japanische Firmen richten für ihre kreativen Angestellten sogenannte Meditationshallen ein. In diesen Räumen werden während der Arbeitszeit mentale Techniken praktiziert, die die Entfaltung der schöpferischen Fähigkeiten fördern. Das geht einher mit einer gewissen Informationsbegrenzung, etwa durch Einschränkung des Fernsehkonsums bzw. des Lesens. Uns mag dieser Vorgang vielleicht ein bisschen paradox erscheinen. Wir glauben nämlich, dass man möglichst viele Informationen braucht, um eine bestimmte Arbeit zu erledigen. In Japan weiß man natürlich auch, dass zum Beispiel ein Konstrukteur eine entsprechende Ausbildung und weitere fachbezogene Informationen braucht. Auf der anderen Seite sind sich die Japaner aber sehr gut der Tatsache bewusst, dass ein Zuviel an Informationen Blockaden verursachen kann, was der vollen Entfaltung des eigenen kreativen Potenzials im Wege steht. Sicherlich darf man japanische Unternehmer und Forscher nicht für Dilettanten halten, die ihre kostbare Zeit mit unbegründeten und überflüssigen Angelegenheiten vergeuden. Ganz im Gegenteil, davon können sich alle inspirieren lassen, von denen in verschiedenen Bereichen der menschlichen Tätigkeit Kreativität und geistige Leistungen erwartet werden.

Beleuchten wir es nochmals am Beispiel des bereits mehrmals zitierten Albert Einstein. Auch er dokumentierte immer wieder durch seine Arbeitsweise die Bedeutung der äußeren Umstände, die bei bedeutsamen Entdeckungen oder wichtigen Erkenntnissen das menschliche Bewusstsein beeinflussen. Er selbst konnte sich auf seine Arbeit hervorragend konzentrieren und auch seine verhältnismäßig lange Abschottung von der Außenwelt war für seine Arbeitsweise typisch. In einigen Fällen schränkte er den Kontakt zu seiner Umwelt auf das Allernötigste ein und durfte mehrere Tage von niemand und nichts bei seiner Arbeit gestört werden. Erst wenn die gesuchten Ergebnisse erreicht waren, nahm er wieder Kontakt zu seiner Umgebung auf. Er schien von einer anderen Welt zurückgekehrt zu sein, ohne sich der Dauer seiner Abwesenheit bewusst zu werden.

Um gewisse Gesetzmäßigkeiten zu begreifen, muss man sich von eingefahrenen Denkmustern und Alltagsproblemen frei machen. Man muss sich ganz wörtlich auf den Empfang der höheren Frequenzen einstimmen, um Zugriff auf den Bereich der universellen Gesetze zu bekommen.

In diesem Kapitel wurde beschrieben, wie man mit der Sprache der Symbole etwas ausdrücken kann, wofür die gewöhnliche verbale Kommunikation einfach nicht ausreicht. Diesen Prozess kann man als eine Art Transformation von den höheren Bewusstseinsstufen zur Ausdrucksweise der „normalen", uns vertrauten Dimension verstehen. Falls es aber die Möglichkeit einer gezielten Einstimmung unseres Bewusstseins auf ein feineres oder qualitativ höheres Niveau gibt, kann man auch umgekehrt verfahren.

Wenn man sich gedanklich auf ein geeignetes Symbol konzentriert, kann man im Geiste den entsprechenden Bereich seines Bewusstseins aktivieren. Dieses Verfahren ist schon seit Urzeiten bekannt und wird etwa im Bereich des mentalen Yogas auch angewandt. Hier werden oft Symbole verwendet, zum Beispiel geometrische Muster, Geräusche oder Vorstellungen, die bei der Einstimmung des Denkens und der Wahrnehmung weg von der gewöhnlichen Ebene hin zu höheren Sphären behilflich sind. Diese Technik stellt bei Weitem nicht die einzige Möglichkeit dar, das eigene Bewusstsein zu beeinflussen. Hier wird sie nur als anschauliches Beispiel und Vergleich erwähnt, dass es, um unsere mentalen Fähigkeiten zu entwicken, auch andere Methoden gibt, als es in der Schule bei einem klassischen Lernprozess üblich ist.

Soll die heutige Wissenschaft die Krise überwinden, in der sie sich gemeinsam mit unserer ganzen Gesellschaft befindet, erscheint es unumgänglich, dass sie künftig von einer erweiterten Bewusstseinsbasis ausgeht und ausschließlich aufgrund einseitiger intellektueller Spekulationen und Analysen gezogene Folgerungen vermeidet. Änderungen sind auch bezüglich einer komplexen Betrachtung gewisser Probleme nötig. Bei der gegenwärtigen wissenschaftlichen Arbeit können Situationen entstehen, die das folgende Beispiel, wenn auch etwas vereinfacht, doch sehr treffend darstellt. Stellen wir uns ein kleines weinendes Mädchen vor, das seine geliebte Puppe verloren hat. Ein exakt, streng systematisch und genau arbeitender Wissenschaftler, der diesem Weinen auf den Grund gehen will, würde gleich mit einer chemischen Analyse der Tränen anfangen. Er würde eine Tränenprobe nehmen, um die Temperatur zu messen und den Anteil NaCl und anderer Substanzen zu bestimmen. Weiter könnte er eventuell auch das Durchschnittsvolumen einer Träne oder die Anzahl der Tränen pro Zeiteinheit untersuchen. Im Hinblick auf ausreichende Genauigkeit wären elektronische Messgeräte mit Digitalanzeige wahrscheinlich von Vorteil. Man könnte in diesem Tränenwasserfall sicher unschwer noch nach weiteren Parametern suchen und würde sie auch finden. Doch selbst bei maximaler Genauigkeit und ausreichend langer Messreihe käme man zu keinem sinnvollen Ergebnis. Es zeigt sich auf den ersten Blick, dass der Kernpunkt des ganzen Problems auf einer völlig anderen Ebene liegt. Das Beispiel ist tatsächlich leicht durchschaubar und vielleicht, wie jemand einwenden könnte, auch an den Haaren herbeigezogen. Das stimmt zwar, aber diese Übertreibung sollte als kleine Anregung dienen, darüber nachzudenken, ob die Wissenschaft nicht manchmal genauso vorgeht, vor allem, wenn die Sinnlosigkeit und Paradoxie ihrer Methode weniger offenkundig ist. Zudem sei an dieser Stelle an den bekannten Spruch erinnert, wonach man durch eine Analyse der Dunkelheit nicht erkennen kann, was Licht ist.

Auch wenn man zur Wirkung und Arbeitsweise heutiger Wissenschaft viele Vorbehalte haben kann, tauchen in ihren Reihen bereits Vordenker und Verfechter von Veränderungen auf, zu denen es wahrscheinlich in nicht allzu ferner Zukunft kommen wird. Erwähnenswert in dieser Hinsicht ist bestimmt die Arbeit von zwei tschechischen Wissenschaftlern, Borůvka und Herčík (Mathematiker und Biologe), die versucht haben, ein vierdimensionales Modell des Lebens aufzustellen. Da wir gewöhnlich nicht imstande sind, mit vierdimensionalen Vorstellungen zu arbeiten, wurde die Problematik, ähnlich wie im Kapitel „Das Rätsel des leeren Raumes" beschrieben, um eine Dimension reduziert. Das Leben in seiner Komplexität und seinem Wesen verstehen sie als vierdimensional. Gemäß dieser Vereinfachung entspricht unser dreidimensionaler Raum diesem universalen komplexen Lebensmodell und unser dreidimensionaler Raum wird nur durch eine zweidimensionale Fläche dargestellt. In diesem Modell übernimmt eine Leinwand die Funktion einer zweidimensionalen Fläche. An diese Leinwand werden im dreidimensionalen Raum Lichtstrahlen projiziert, die auf dieser Fläche eine Welt zweidimensionaler beweglicher Bilder entstehen lassen. Diese flachen Wesen mitten auf einer flachen Szene entsprechen eigentlich uns selbst inklusive unserer Umwelt. Falls wir in dieser Gestalt eines zweidimensionalen Wesens eines Tages anfangen, über unsere Beschaffenheit und unseren Ursprung nachzudenken, können wir durch Analysen der Leinwandoberfläche oder der projizierten Formen und Farben keine Antworten auf solche Fragen finden. Den Ursprung aller auf der Leinwand existierenden Wesen kann man nur in der höheren Dimension finden, also im dreidimensionalen Raum, wo sich auch die Lichtquelle und der Projektor befinden. Wenn eine Leinwandfigur verschwindet, ist sie aus der Sicht ihrer zweidimensionalen Kollegen unwiderruflich verloren. Ihr „Wesen", ihre Substanz existiert aber immer noch auf dem Filmstreifen und kann jederzeit in der zweidimensionalen Welt zum Leben „erweckt" werden. Durch dieses Modell wollten die beiden Autoren auf unsere unsterbliche Substanz, auf unsere Seele hinweisen. Sie kann in höheren Dimensionen existieren und sich unter geeigneten Bedingungen in unserer Welt manifestieren. Das ganze Leinwandleben würde in dem Augenblick aufhören zu existieren, wenn es, aus welchem Grunde auch immer, zu einer Unterbrechung des Lichtstrahles käme. Aus dem Blickwinkel der höheren Dimension handelt es sich in keinem Fall um ein absolutes Ende dieses Leinwandlebens. Alles für ein „neues Leben" Notwendige, die ganze farbige Bilderwelt, bleibt erhalten und kann unter geeigneten Bedingungen wieder zum Leben „erweckt" werden.

Diese Sicht auf das Leben deckt sich im Wesentlichen mit vielen geistigen Lehren, die behaupten, dass die Welt der Erscheinungen und Sinneseindrücke nur auf einer niedrigeren Ebene höhere Existenzformen widerspiegelt. Wenn sich jemand zu dieser oder ähnlichen Philosophien bekennt, könnte er auch zu der Überzeugung gelangen, dass es in dieser Welt der Illusionen eigentlich keinen Sinn hat, sich um etwas zu bemühen, etwas anzustreben oder überhaupt etwas zu machen. Mit diesem Problem befasst sich auch ein Text des Zen-Buddhismus. „Am Anfang des Weges glaubt man, dass die Berge Berge und die Flüsse Flüsse sind. Aufgrund zunehmender geistiger Reife stellt man später fest, dass eigentlich weder die Berge Berge noch die Flüsse Flüsse sind. Am Ziel der geistigen Suche angekommen begreift man erst richtig, dass die Berge Berge und die Flüsse Flüsse sind."

Diese Sätze charakterisieren sehr treffend die Problematik der Suche nach der Lebenswahrheit. Anfangs, wenn man sich noch nicht für das Substanzielle, für das Wesen der Phänomene und Erscheinungen interessiert, hält man das aufgrund der Sinneseindrücke vermittelte Abbild der Welt für eine objektive Realität. Sobald man aber anfängt, sich mit dem Sinn und dem Ursprung aller Phänomene, einschließlich der eigenen Existenz, näher und intensiver zu beschäftigen, stellt man fest, dass die Sinneseindrücke eigentlich nur eine Art Illusion vermitteln, deren Erforschung keine objektiven Erkenntnisse bringen kann. Kommt man allerdings auf dem Weg noch weiter, wird einem klar, dass die Welt, so wie sie geschaffen wurde, einen tiefen Sinn hat. Sie bildet einen Raum, eine Kulisse und eine Schule für die Entwicklung menschlicher Seelen. In diesem Sinne haben alle ihre Aspekte eine unbestreitbare Bedeutung.

Zurück zum Problem der heute üblichen Art der wissenschaftlichen Erforschung unserer Welt. Sehr wichtig ist dabei die Offenheit der Wissenschaft. Offenheit der Vergangenheit gegenüber. Man sollte dem Wissen der alten Zivilisationen wieder eine gewisse Achtung und Respekt entgegenbringen und sie nicht nur aufgrund ihres Alters für minderwertig oder gar lächerlich halten. Folgender altchinesische Text enthält eine Reihe von Beispielen, die die Tiefsinnigkeit des Denkens uralter Zivilisation bezeugen: „Was es gibt – gibt es. Was es nicht gibt – gibt es nicht. Was es gibt – kann es nicht nicht geben, und was es nicht gibt, kann es nicht geben." Allgemein genommen erinnert diese Äußerung an den Energieerhaltungssatz, der als eines der allgemeinsten Prinzipien der modernen Wissenschaft formuliert wurde. Im vorigen Kapitel haben wir die Problematik der Unbestimmtheit angeführt. Sie befreit uns von der Illusion, dass es möglich sei, auf gewöhnlichem Wege zu immer genaueren Erkenntnissen zu gelangen. Die Logik des „gesunden Verstandes" versagt, was auch die Worte des berühmten Physikers Oppenheimer bestätigen: „Fragt man zum Beispiel, ob die Position des Elektrons gleich bleibt, muss man ‚nein' sagen. Fragt man, ob sich diese Position in Abhängigkeit von der Zeit verändert, muss man wieder ‚nein' sagen. Wenn man weiter fragt, ob das Elektron in Ruhe ist, heißt die Antwort wiederum ‚nein' und die gleiche Antwort bekommt man auch auf die Frage, ob sich das Elektron also bewegt." Auf ähnliche Art und Weise antwortete auch Buddha, als er nach den Möglichkeiten der Existenz des menschlichen „Ich" nach unserem Tod gefragt wurde. Diese Antworten entsprechen aber nicht der Tradition der europäischen Wissenschaft. Das gleiche Maß an Unbestimmtheit können wir auch aus den altindischen Texten zur menschlichen Erkenntnis erspüren: „Ich glaube, es zu kennen. Ich glaube nicht, es gut zu kennen, aber wahrscheinlich weiß ich nicht, dass ich es nicht weiß. Wer schon etwas weiß, der weiß es schon und deshalb weiß er überhaupt nicht, dass er nichts weiß. Wer ihn nicht erkannte, der hatte ihn erkannt und wer erkannte, der wird es nie erkennen. Durch den Erkennenden nicht erkannt, aber erkannt von dem nicht Erkennenden. Wer ihn gefunden hat, der erreicht die Wahrheit; wer ihn nicht fand, der eilt seinem Ende entgegen. Die Weisen erkennen ihn in der ganzen Schöpfung und aus dieser Welt scheidend gehen sie ein in die Unsterblichkeit." Auf den ersten Blick handelt es sich bei diesen Texten sicher um paradoxe Formulierungen. Andererseits können uns diese Äußerungen der antiken Weisen ähnlich wie einige Formulierungen der modernen Physik daran erinnern, dass es notwendig ist, die Logik des gewöhnlichen Verstandes zu überwinden, um die höheren Lebensgesetze zu begreifen. Offenheit uralten Weisheiten gegenüber kann sich gerade heute als sehr inspirierend erweisen. Das Verlangen nach Offenheit richtet sich aber auch in die Zukunft, im Sinne der Aussage Albert Einsteins: „Unser Verständnis von physikalischer Realität dürfen wir nie für etwas Definitives halten." Wir müssen immer bereit sein, diese Auffassung zu ändern, um neue Fakten richtig deuten zu können. Die Wissenschaft darf in der Tat nie an jeweils aktuellen Erkenntnissen festhalten, sonst behindern diese die mögliche weitere Entwicklung.

Bei der gegenwärtigen wissenschaftlichen Denkweise begegnen wir einer anderen Art des Beharrens, das wir als Vorliebe für das Komplizierte bezeichnen können. Was kompliziert erscheint, wird für wissenschaftlich gehalten. Viele neigen dazu, einfachen Wahrheiten nur aus *dem* Grunde keine Aufmerksamkeit zu schenken, weil sie ihnen wenig glaubhaft vorkommen. Dabei sind oft gerade die größten Wahrheiten oder Gesetze sehr einfach. Häufig erweist es sich aber als gar nicht einfach, sie zu entdecken. Auch einfache Tatsachen liegen oft außerhalb des Blickwinkels unseres Verstandes. Hier können wir im Gegenteil ein Gewirr scheinbar chaotischer Phänomene beobachten. Zu diesem Problem sagt Pascal: „Das Wissen des Verstandes übersteigt nicht die Wahrscheinlichkeitsgrenze und kann daher die Rätsel des Lebens nicht lösen. Deshalb ist die Intuition des Herzens wichtig, denn es hat seine Wahrheiten, die der Verstand nicht kennt." L. Pasteur meint: „Lasst euch durch keine komplizierten Geräte beeindrucken und sprecht nicht von tiefschürfender Forschung. Denkt daran, dass große Sachen auch ohne Vergrößerung zu sehen sind und dass wichtige Naturgesetze sich als die einfachsten erweisen." Auch seine andere Äußerung verdient Aufmerksamkeit: „Auch viele Kenntnisse machen aus einem Menschen noch keinen Wissenschaftler und genauso wenig wird ein Mensch nur aufgrund seines großen Wortschatzes zum Schriftsteller." Die Aufzählung ähnlicher Äußerungen kann man mit dem Zitat von A.I. Gercen beenden: „Man darf nicht glauben, dass vor allem ein Wissenschaftler ein Anrecht auf die Wahrheit habe, er erhebt darauf nur einen größeren Anspruch."

Ethik und Moral stellen den nächsten Themenkreis dar, mit dem sich die Wissenschaft immer mehr wird beschäftigen müssen. Der heutige Stand der technisch-wissenschaftlichen Entwicklung könnte der Menschheit, sagen wir, einen angenehmen Lebensstil garantieren und uns auch Raum für verschiedene Aktivitäten und schöpferische Fähigkeiten schaffen. Stattdessen bringen uns immer neue Entdeckungen um die Ruhe und machen es Kräften der Zerstörung allzu leicht. Alles, was uns Menschen dienen sollte, wird zu dem sprichwörtlichen Rasiermesser in den Händen eines Kindes. Nur mehr Emotionales im Bereich der Wissenschaft kann uns das erforderliche und ersehnte Gleichgewicht bringen und dadurch auch eine harmonische Entwicklung garantieren. Fragen von Gefühl und Moral hängen auch eng mit dem Religiösen zusammen. Das oft gespannte Verhältnis zwischen Wissenschaft und Religion hat auch früher schon zu einer ganzen Reihe von Missverständnissen und Konflikten geführt. Gerade in unserem Land[2] wurde das Verhältnis von Wissenschaft und Religion jahrzehntelang von der offiziellen Ideologie der herrschenden kommunistischen Diktatur eindeutig als antagonistisch bezeichnet. Bei näherer Betrachtung der Lebens- und Denkweise vieler bedeutender Wissenschaftler stellen wir das Gegenteil fest. Viele dieser großen Denker zeigten durch ihr Denken und Handeln ihre tiefe Religiosität, die nicht nur für Kepler, Newton oder Leibniz typisch ist, sondern auch für Planck, Einstein, Eddington, Sommerfeld, Jeans und noch viele andere. Von kleinkarierten Unstimmigkeiten der kurzsichtigen Vertreter beider Gruppierungen abgesehen, können wir konstatieren, dass zwischen ihnen in der Grundfrage eigentlich so gut wie keine Differenzen bestehen.

Es geht darum, ob es eine den menschlichen Verstand weit übersteigende schöpferische Kraft gibt, die der religiös orientierte Mensch Gott nennt. Viele Wissenschaftler geben zu, dass sie in ihrer Arbeit nur die elementaren Taten des großen Schöpfers katalogisieren. Ihre Arbeit und ihre Entdeckungen führen sie automatisch zur Anerkennung einer unermesslichen Weisheit, die sich in der Natur und im ganzen Universum spiegelt und die sie zu einem natürlichen und tiefen Glauben führt.

Faraday beschreibt das mit folgenden Worten: „Die Vorstellung von Gott und meine Ehrfurcht vor Ihm gelangen auf gleich sicherem Wege in meine Seele wie die Erkenntnisse und Wahrheiten aus der physikalischen Welt."

Ein Problem, das manchmal wie eine Barriere zwischen Wissenschaft und Religion auftaucht, ist eher formaler Art. Es geht

---

2 Gemeint ist damit die ehemalige CSSR.

vor allem darum, wie und auf welche Art und Weise Glaubensdogmen präsentiert werden, und auch darum, dass sich das Gottesbild oft einem Menschenbild nähert.

Einstein teilt die Religion in drei große Bereiche, die gleichzeitig auch den Entwicklungsstand unseres religiösen Denkens und Empfindens darstellen. Der erste lässt sich als Religion der Angst bezeichnen. Menschen auf dieser Stufe glauben an eine höhere „Instanz" hauptsächlich aus Angst vor einer Strafe aus dieser unsichtbaren Sphäre. Sie passen ihr Leben bestimmten religiösen Vorschriften an und sind auch bereit, gewisse Opfer zu bringen. Als Motivation dient ihnen allerdings überwiegend die Furcht vor möglicher Strafe. Für die zweite Stufe, die wir eine Religion der Moral nennen können, sind schon höhere Werte kennzeichnend. Eine große Rolle spielen hier Mitgefühl, Empathie, Hilfsbereitschaft und Liebe. Diese beiden Stufen vermischen sich oft mehr oder weniger. Allen Religionen auf dieser Stufe ist aber die mehr oder weniger anthropomorphe Vorstellung von einem persönlichen Gott gemeinsam. Über dieses religiöse Verständnis vom Leben kommen nur besonders edelmütige Menschen oder Gemeinschaften hinaus. Die dritte Stufe, die wir nur selten in reiner Form finden, bezeichnet man als kosmische Religion.

Diese Art der Religiosität kann man einem Menschen, der selbst noch nichts von dem oben Beschriebenen spürt, nur schwer vermitteln. Als besonders erschwerend erweist sich dabei, dass dieses religiöse Verständnis ohne ein menschenähnliches Gottesbild auskommt. Ein Mensch, der diese Stufe erreicht, spürt die Nichtigkeit der menschlichen Wünsche und gleichzeitig die Erhabenheit und bewundernswerte Ordnung, die sich sowohl in der Natur als auch in der Gedankenwelt manifestieren. Die eigene individuelle Existenz empfindet er als Gefängnis und sehnt sich nach einem Gefühl der Einheit, Gemeinsamkeit und Sinnhaftigkeit für die ganze Schöpfung.

Einstein meint weiter, dass sich diese Attribute der kosmischen Religiosität ohne Dogmen, Riten, Zeremonien und vermenschlichte Gottesvorstellung bei vielen großen religiösen Geistern der Vergangenheit finden. Er selbst erkennt sie zum Beispiel in einigen Psalmen Davids und vor allem im Buddhismus. Er sagt, dass einige Repräsentanten dieser kosmischen Religiosität in der Vergangenheit als Heilige, andere als Ketzer galten.

Die Erweckung der Wahrnehmungsfähigkeit des Menschen für diese universelle Religiosität hält er für die wichtigste Aufgabe der Wissenschaft und der Kunst.

Bei der Beurteilung der nötigen Voraussetzungen für eine weitere Evolution der Menschheit spielt auch die Kunst eine wichtige Rolle. Gemäß Einsteins Ansicht von der Aufgabe der Wissenschaft und der Kunst kann man konstatieren, dass sich diese zwei Bereiche gegenseitig sehr positiv beeinflussen können. Einerseits braucht die Wissenschaft eine Verfeinerung und Erwärmung der kühlen Kalkulationen durch gesundes menschliches Gefühl und die Einstimmung auf eine intuitive Art der Informationsgewinnung. Andererseits kann die wissenschaftliche Weltsicht auch die Sphäre der Kunst befruchten. Gemeint ist damit zum Beispiel die Notwendigkeit, sich des eigenen Einflusses auf das gesamte gesellschaftliche Geschehen stärker bewusst zu werden. Die Wissenschaft gerät derzeit in eine Situation, in der Tragweite und Bedeutung der Entdeckungen, vor allem aber das derzeit verfügbare Energiepotenzial das Gewissen jedes Wissenschaftlers aufrütteln müssen. Immer deutlicher zeigt sich die Unmöglichkeit, leichtsinnig weitere Experimente durchzuführen, komplizierte Anlagen zu bauen und neue Energiequellen zu erschließen, ohne vorrangig die gesamtgesellschaftlichen Auswirkungen dieser Tätigkeiten zu berücksichtigen. Unverantwortlichkeit in dieser Hinsicht könnte sich buchstäblich an der ganzen Menschheit rächen. Ähnliches gilt aber auch für alle kreativ und künstlerisch arbeitenden Menschen. Ihre Arbeit, vervielfacht durch die immense Reichweite aller heutigen Massenmedien, könnte in gewissem Sinne zu einer psychologischen Zeitbombe werden.

In der heutigen Kunst nehmen alle möglichen Formen und Äußerungen der Negation fast den gesamten für ihre Verbreitung verfügbaren Platz ein. Das wird einerseits gutgeheißen, weil die Kunst die negativen Lebensaspekte wiedergeben müsse, zum anderen wird es mit dem Recht auf absolute künstlerische Schaffensfreiheit begründet. Man ignoriert dabei leider völlig, dass die Wirkung der negativen Einflüsse auf die schon heute in dieser Hinsicht völlig überfrachtete Gesellschaft auf diesem Wege noch verstärkt wird.

Alle auf einen Menschen wirkenden Eindrücke beeinflussen nicht nur sein Bewusstsein, sondern sie hinterlassen auch tiefe Spuren in seinem Unterbewusstsein. Sie können sich je nach ihrer Beschaffenheit sowohl positiv als auch negativ auswirken, und das auch über einen längeren Zeitraum. Aus dieser Sicht wäre es für die Gesundung der gesamten mentalen Atmosphäre der Menschheit äußerst erstrebenswert, dass die Kunst dem Menschen unter Verzicht auf Elemente der Destruktion, der Gewalt und der Vulgarität viel mehr edlere, aufmunternde und erhabenere Anreize böte. In diesem Zusammenhang möchten wir daran erinnern, dass die Qualität oder die Originalität eines Kunstwerkes nur eine, sagen wir die äußere, sichtbare Seite darstellt. Ein Kunstwerk wirkt sich aber auf die Seele des Zuhörers, des Lesers oder des Zuschauers in seiner Gesamtheit aus. Spuren, die es in der Seele hinterlässt, stellen die zweite, die innere Seite dar und sind gleichzeitig auch das Wesentliche, was einen Menschen beeinflusst. Wenn es im Inneren der Künstler mehr Licht geben wird, werden auch ihre Werke vom Licht durchleuchtet, und sie können dadurch dieses Licht auch den anderen vermitteln, die in der Kunst Schönheit und Erfrischung für ihre Seelen suchen.

Soll als vorrangiges Ziel der Wissenschaft und der Kunst das Bemühen gelten, dem Menschen zu einem erhabenen Lebensstil zu verhelfen, darf man den philosophischen Bereich nicht außer Acht lassen. Damit sind keine tiefsinnigen Überlegungen und theoretischen Spekulationen gemeint. Es handelt sich vielmehr um eine Lebensphilosophie, die dem Menschen hilft, problematische Situationen zu lösen, Prioritäten für seine Lebenswerte zu setzen, und die inmitten von chaotischen und sich ständig verändernden Geschehnissen einen Fixpunkt darstellt. Viele Wissenschaftler haben begriffen, dass wissenschaftliche Entdeckungen beinahe alles verändert haben, außer der menschlichen Denkweise. Die Lebensphilosophie der meisten Menschen entspricht nicht den radikalen Veränderungen der vergangenen Jahrzehnte, die in fast allen Bereichen der menschlichen Tätigkeit stattgefunden haben. Der kurzsichtige materialistische Blickwinkel bietet keine Möglichkeit für die Bildung einer stabilen, vollwertigen Lebensgrundlage. Die Zeit, in der wir leben, übt auf uns eine Art Druck aus, der die Menschheit zu einem komplexeren Blick auf das Leben zwingt und ihr damit auch die spirituelle Dimension der eigenen Existenz anbietet.

Spirituelle Lehren oder religiöse Systeme können dem Menschen mehr als nur eine Befriedigung der materiellen Bedürfnisse bieten. Sie sprechen seine Seele an, wirken sich auf seine innere Welt aus und weisen ihn darauf hin, dass sich das Wesen seiner Existenz außerhalb des Bereiches unserer Sinneseindrücke befindet und dass es die Sphäre der ständig wirbelnden Gedanken und uns beherrschenden Emotionen übersteigt. Für die Zukunft der Menschheit können aber nur diejenigen spirituellen Richtungen und religiösen Gruppierungen einen Beitrag leisten, die von allen die geistige Entwicklung des Menschen hemmenden Einflüssen frei sind. Unter diesen Einflüssen versteht man zum Beispiel verschiedene Dogmen, das zähe Festhalten an Ritualen und Traditionen, die Abhängigkeit von Aberglauben und Vorurteilen, die Vorstellung von der eigenen Einmaligkeit und Besonderheit und vor allem alle Bestrebungen, andere Seelen zu beherrschen und zu manipulieren. Nur eine die Menschen nicht trennende, sondern alle ohne Rücksicht auf Glaubensrichtung oder Nationalität vereinigende universelle Religiosität kann den richtigen Weg zu einer besseren Zukunft der Menschheit darstellen.

Für die zukünftige Entwicklung der Menschen deutet sich auch die Notwendigkeit einer Annäherung und einer gewissen Verschmelzung der Bereiche Wissenschaft, Kunst, Philosophie und Religion an. Die Bildung einer neuen umfangreicheren Weltsicht, die die materiellen, geistigen und seelischen Aspekte berücksichtigt, wird erst die Voraussetzungen für eine Evolution des menschlichen Wesens im ganzen wunderbaren Spektrum seiner inneren Vollkommenheit schaffen.

Jeder Mensch ist als Angehöriger einer Gemeinschaft, in der er lebt, von ihr auch mehr oder weniger abhängig. Diese Problematik geht also jeden etwas an und sein Leben wird direkt oder indirekt von dem gesamten Entwicklungsstand dieser Gesellschaft im Bereich der Wissenschaft, der Kunst, der Philosophie und der Religion beeinflusst. Gleich, ob man sich dieses Einflusses bewusst wird oder nicht, es handelt sich im Grunde genommen um die Gestaltung der mentalen Atmosphäre, in der wir leben.

Andererseits steht jedem Menschen seine eigene innere Welt zur Verfügung.

Wenn er seine Bedürfnisse nicht vollständig in der Außenwelt befriedigen kann, hat er immer noch die Möglichkeit, in die unerforschten Tiefen seines Inneren einzutauchen, um hier Werte zu finden, durch die er schließlich auch andere bereichern kann. Menschen sind sich nur selten dessen bewusst, dass alle genialen Entdeckungen, faszinierenden Kunstwerke und edlen Gedanken und Ideale immer in unserem Inneren ihren Ursprung haben. Diese Werte können wir auf verschiedene Art und Weise von außen empfangen, um unser Leben damit zu bereichern. Wir dürfen dabei aber nicht vergessen, dass jeder Mensch in seinem Inneren tiefsinnige Geheimnisse und die Quelle der Schönheit, der Wahrheit und der Liebe trägt. Leider leben die meisten Menschen von der Mitte des eigenen Ichs weit entfernt und sind daher nicht imstande, mit dieser geistigen Dimension, die den wertvollsten Bestandteil eines Menschen darstellt, frei in Kontakt zu treten.

Soll sich die Welt, deren Teil auch wir sind, qualitativ verbessern, dann müssen auch die Menschen, die sie bilden, ein qualitativ höheres Niveau haben. Von neuen politischen Systemen oder gesellschaftlichen Organisationen lassen sich keine wesentlichen Veränderungen erwarten. Der mit Abstand größte Teil der Verantwortung liegt bei jedem Einzelnen, in seiner Lebensphilosophie, der Lebensart und vor allem darin, nach welchen Kriterien die für sein Handeln verbindlichen Lebensprioritäten geordnet sind. Wenn sich die Menschen auf die eigene qualitative Verbesserung konzentrieren, tragen sie damit gleichzeitig auch viel zur Verbesserung dieser Welt bei. Unsere innere Welt steht uns doch am nächsten, hier gilt es also, mit den gewünschten Veränderungen anzusetzen. Hier liegt der Anfang unseres Weges zum Licht.

Wie bereits erwähnt, dürfte die künftige Evolution der Menschheit eine Annäherung von Wissenschaft, Kunst, Philosophie und Religion erfordern. Eine solche Integration ist auch aus der Sicht der Entwicklung jedes Einzelnen enorm wichtig. Zwischen Verstand und Gefühlen muss eine gewisse Ausgewogenheit und Harmonie hergestellt werden. Dadurch werden die Voraussetzungen dafür geschaffen, dass auch die intuitiven Aspekte des menschlichen Bewusstseins zur Geltung kommen, die schließlich zur Entdeckung der geistigen Grundlage unserer Existenz führen. Ein derart ganzheitliches und ausgeglichenes menschliches Wesen, das keine Energien durch unbeherrschbare Emotionen, widersprüchliche Gedanken und die Befriedigung kleinkarierter persönlicher Ambitionen vergeudet, wird zu einer bewussten Zelle im Organismus der Menschheit.

Dem Menschen bietet sich die Möglichkeit, tiefer in sein Inneres einzutauchen, die Gesetze seines eigenen Lebens zu entdecken und eine unvorstellbar große Quelle latenter Fähigkeiten zu nutzen. Auf seinem Weg muss er aber zu der Erkenntnis kommen, dass Freiheit etwas anderes als Willkür bedeutet, dass Kraft kein Mittel zur Manipulation anderer darstellt und dass Liebe nicht nur ein persönliches Gefühl ist, sondern dass sich in ihr die universelle Energie manifestiert. In diesem Sinne kann man die Zukunft der Menschheit wirklich als einen Weg zum Licht bezeichnen. Einen Weg, der uns von den Fesseln der eigenen Beschränktheit, Bösartigkeit und des Egoismus befreit, denn diese degradieren den Menschen und lenken ihn von seiner eigentlichen Mission nur ab. Das Streben nach Erkenntnis, Verständnis und Liebe manifestiert sich im Leben jedes Menschen mit verschiedener Intensität und auf verschiedene Art und Weise. Diese Impulse kommen aus einem Bereich, der über der materiellen Welt steht. Sie sind ein Fingerzeig, den Sinn der menschlichen Existenz in anderen Bereichen, in viel feineren Strukturen zu suchen. In einer Sphäre, die wir mit unseren fünf Sinnen nicht mehr wahrnehmen können.

Wenn man sich für die Suche nach höheren Lebenswerten und für das Entdecken der den Verlauf des Lebens bestimmenden Gesetze entscheidet, sollte man bestimmte Gefahren nicht außer Acht lassen, zum Beispiel in Gestalt falscher Propheten, obskurer Sekten und Kulte oder auch einfacher Scharlatane und Betrüger. In diesem Punkt muss man nach und nach lernen, die wahren Werte von den scheinbaren zu unterscheiden. Zur Orientierung kann man sagen, dass der rechte, zur Wahrheit führende Weg moralische Werte und Charaktereigenschaften nicht ausklammert und auch kein leichtes und schnelles Voranschreiten anbietet. Nach der Geburt macht sich der Mensch allmählich mit dieser Welt vertraut, lernt die ersten Bewegungen und Handgriffe, später besucht er eine Schule und erweitert schrittweise seine Kenntnisse. Auf ähnliche Art und Weise kann er mit einer großen Portion Geduld und Demut in immer tiefere Bereiche des eigenen Ich eintauchen und feinere Erscheinungsformen des Lebens kennenlernen.

Die wirklichen geistigen Werte kann man weder für das Geld der ganzen Welt kaufen, noch kann man sie mittels irgendwelcher geheimnisvoller Rituale erwerben. Sie können aber zum rechten, durch kosmische Gesetze gegebenen Zeitpunkt sprichwörtlich das Leben eines Menschen krönen, dessen Sehnsucht nach Erkenntnis von viel Geduld, Ehrlichkeit, Ausdauer, Glauben und Liebe begleitet wird. Dann kann man tatsächlich davon sprechen, dass der Mensch sich in eine Sphäre ungeahnter geistiger Möglichkeiten, zu einem Punkt hin bewegt, der symbolisch mit dem Schlüpfen eines Schmetterlings aus der verpuppten Larve dargestellt wird. Aus der verlassenen Hülle entschwebt ein wunderschöner Schmetterling. Auch die Bibel beschreibt es mit klaren Worten: „Ihr bekommt das, was kein menschliches Auge gesehen hat, kein menschliches Ohr gehört hat und keinem Menschen in den Sinn gekommen ist."

Literatur

J. Bergier, L. Pauwels – Le matin des magiciens, Gallimard, 1972
A. Einstein – Mein Weltbild, Ullstein, 1972
A. Einstein, L. Infeld – Die Evolution der Physik, Rowohlt Tb., 1995
G. Gamow – Mr Tompkins in Wonderland, The Macmillan Company, 1946
V. L. Ginzburg – **Совренная астрофика**, **Наука**, 1970 (Sovremennaja astrofizika, Nauka, 1970)
G. Johnson – A Shortcut Through Time: The Path to the Quantum Computer, Vintage, 2004
I. Novikov – **Черные дыры и Вселенная, М.: Мол. гвардия**, 1985 (Chernye dyry i vselennaja, M.: Mol. Gvardija, 1985)
D. Pecka – Cesta k pravdě, Vyšehrad, Praha, 1969
H. Selye – From Dream to Discovery: On Being a Scientist, New York: McGraw-Hill, 1964

Bewerten
Sie dieses **Buch**
auf unserer
Homepage!

www.novumpro.com

Die Autoren

Das Autorenpaar Marie Mihulová und Milan Svoboda arbeitet seit 1983 zusammen. Unter der kommunistischen Diktatur erschienen ihre Bücher im Untergrund als illegal. Sie standen im Widerspruch zur damaligen Staatsideologie. Seit der Wende im November 1989 erscheinen ihre Publikationen im Santal-Verlag. Bis heute sind es 25 Werke. Zu den Hauptthemen zählen östliche Philosophien, Yoga, Methoden der Selbsterkenntnis, philosophische Fragen der heutigen Wissenschaft und alternative Medizin.

novum VERLAG FÜR NEUAUTOREN

Der Verlag

„Semper Reformandum", der unaufhörliche Zwang sich zu erneuern begleitet die novum publishing gmbh seit Gründung im Jahr 1997. Der Name steht für etwas Einzigartiges, bisher noch nie da Gewesenes.
Im abwechslungsreichen Verlagsprogramm finden sich Bücher, die alle Mitarbeiter des Verlages sowie den Verleger persönlich begeistern, ein breites Spektrum der aktuellen Literaturszene abbilden und in den Ländern Deutschland, Österreich und der Schweiz publiziert werden.
Dabei konzentriert sich der mehrfach prämierte Verlag speziell auf die Gruppe der Erstautoren und gilt als Entdecker und Förderer literarischer Neulinge.

Neue Manuskripte sind jederzeit herzlich willkommen!

novum publishing gmbh
Rathausgasse 73 · A-7311 Neckenmarkt
Tel: +43 2610 431 11 · Fax: +43 2610 431 11 28
Internet: office@novumpro.com · www.novumpro.com

AUSTRIA · GERMANY · HUNGARY · SPAIN · SWITZERLAND